ngjia Jingpin Yuedu

名家精品阅读

施蛰存

小说

施蛰存 ◎ 著

吉林出版集团/吉林文史出版社

一套批注式阅读的好书

李晓明

　　批注式阅读是我国传统的阅读方式之一。有些读者喜欢读书时在文中空白处写下自己独到的见解和感受，留下阅读时思考的痕迹，这样的阅读就是批注式阅读。

　　我国从古代开始就风行批注式阅读。俗称"春秋三传"的《左氏春秋传》、《春秋公羊传》、《春秋谷梁传》因对《春秋》的出色批注而出名，这三本批注式读本的出现，为《春秋》的广泛传播起了推波助澜的作用。汉魏时期，郦道元也因批注《水经》，而使他写的《水经注》名誉天下。东晋时期史学家裴松之批注的《三国志》，在查阅大量史料的基础上，以超过原文三倍的批注内容丰富了原书，使许多失载的史实得以保存。明清以来，小说盛行，批注之风日盛。如金圣叹批注《水浒传》，毛氏父子批注《三国演义》，张竹坡批注《金瓶梅》，脂砚斋批注《红楼梦》。这些优秀的批注笔记随同原著一起刊出，风行一时，成为其他读者再次阅读时的可贵借鉴，也成为文化界交流的重要方式之一。

　　近现代以来，批注式阅读仍然是伟人和有思想的文人读书的重要方式之一。毛泽东就有不动笔墨不读书的习惯。《毛泽东点评二十四史》对中国历史的研究和独到见解为世人所叹服。鲁迅先生也提出读书要眼到、口到、心到、手到、脑到。

　　国外的很多文学家和伟人也有批注式阅读的习惯。如列宁的《哲学笔记》就是由他读书时的批注和笔记汇编而成的马克思主义哲学的经典著作。

批注式阅读不应该只是文学家、史学家、哲学家的专利，它完全可以被普通的读者所掌握，成为一种值得提倡的阅读方式。当前，在中学广泛使用批注式阅读方式培养学生读书能力的，当首推东北师范大学附属中学。他们的具体做法是：全班同学同时阅读同一本书，每个人都在书旁的空白处写下自己的"书间笔痕"，在篇末写下"篇后悟语"。然后在全班的读书报告会上交流自己的感悟，写得最好的感悟文字作为全班的阅读心得在年级进行交流，再选出最好的感悟文字集结成书。东北师大附中在进行"语文教育民族化"的教改实验中，把批注式阅读的成果汇编成《启迪灵性的语文学习方式孙立权"批注式阅读"教例》，成为各校开展批注式阅读的范例。

批注式阅读的好处是显而易见的。

首先，批注式阅读培养了读者的思维能力。与一般的读书不同，批注式阅读强调读者对读物的思考和独到的见解。大师们写下了自己的作品，有了自己的话语权。作为读者的我们，也不能丧失自己的话语权，不能只是被动地阅读别人的作品。批注式阅读提倡读书时发表个人的独到见解，即所谓"一千个读者就有一千个哈姆雷特"。鲁迅先生在《读书杂谈》中提倡读书时"仍要自己思索，自己观察。倘只看书，便变成书橱"，诺贝尔文学奖获得者萧伯纳和德国哲学家叔本华也都告诫过读者，如果读书时只能看到别人的思想艺术，不用自己的头脑思索的话，实际上是把自己的脑子让给别人做跑马场。孔子曰"学而不思则罔"，讲的也是同样的道理。如果不想把自己变成只会吸收别人思想的书橱，或者让自己的头脑完全变成别人的跑马场，那么，就学习一下批注式阅读吧。

其次，批注式阅读培养了读者的写作能力。因为批注式阅读是一种不动笔墨不读书的阅读方法，它直接培养了读者的写作能力。尤其是每篇作品后面的"篇后悟语"，简直就是一篇完整的评论文章。读书时常常动笔把自己的点滴体会记录下来，坚持这样做，一定会在写作能力的培养上有巨大的收获。

再次，批注式阅读促使读者自觉扩大阅读的广度。在东北师大附中的批注式阅读教改实验中发现，同学们为了提高自己的批注水平，常常出现"以文解文"、"以诗解诗"的情况。即阅读一篇文章或一首诗时，引用同类作品进行解读，批注效果往往令人拍案称奇。在批注王维的《辋川闲居赠裴秀才迪》的"倚杖柴门外，临风听暮蝉"一句时，就有两名同学分别写到："颔联与王籍《入若耶溪》中'蝉噪林逾静，鸟鸣山更幽'有异曲同工之妙：用声响来反衬所在环境的静雅清幽。""这是'居高声播远，因是藉秋风'，与虞世南的'居高声自远，非是藉秋风'不同。"同学们为了写出自己的独到见解，查阅更多的同类作品，不仅提高了自己的批注水平，也扩大了知识面。

最后，批注式阅读为读者间的交流提供了平台。一般认为，读书只是个人的活动，与他人无关。但批注式阅读不同，它可以把批注的成果提供给别人，成为大家交流思想和见解的平台。像脂砚斋批注的《红楼梦》、金圣叹批注的《水浒传》等，对后世读者的启迪作用是有目共睹的。即使在中学生中进行的批注式阅读，也在全班、全年级乃至更大的范围内，提供了大家交流思想、发表不同见解的平台，这种同龄人之间的读书心得交流，是非常有益的。

我们出版的这套"名家精品阅读"与同类读物不同，它不仅向读者提供了优秀的文学作品，同时在每一页给读者留下了写批注式阅读心得的空间，使读者可以很方便地、随时写下自己的读书心得。如果几十年后，拿出本书看一看，你会惊喜地看到自己当年心灵成长的轨迹。

我们在每本书的前面精选了一篇作家的代表作进行批注式阅读，给大家提供一个样本。读者们也可以根据自己的喜好，从不同的角度进行批注。相信读者们一定会写出比范文更优秀的读书心得，让阅读成为一件非常快乐的事情。

2011 年 9 月于东北师范大学文学院

东方"心理分析"小说的奠基人 ✎

乔增辉

　　施蛰存，原名施青萍，浙江杭州人，8岁时随任工厂经理的父亲定居于松江，是中国现当代著名学者、文学家、作家、文学翻译家。从1905年到2003年，施先生走过近百年的光阴，他这一生中著作颇丰，不仅以青萍、安华、舍之、北山等笔名发表了很多篇文章，更著有《唐诗百话》、《词学论稿》、《宋元词话》、《北山集古录》等名著。

　　抛开作家的身份，施先生也是著名的散文家、翻译家、古典诗词鉴赏家和金石学家。施老一生为学开"四窗"，这"四窗"代表了他一生治学的四个不同领域。"东窗"是古典文学的鉴赏，"西窗"是外国文学的翻译，"南窗"是现代文学的创作，"北窗"是金石碑版的研究。人们提起施蛰存，总不会忘记他在一九三三年为了"青年必读书"，与鲁迅先生之间的一场著名"笔仗"，即使后来被鲁迅斥为"洋场恶少"，施先生也很淡然，并不以此就站到了鲁迅先生的对立面。大家都很熟悉鲁迅先生的那篇千古名作《为了忘却的纪念》，正是刊发在由施先生主编的《现代》杂志上，这也是需要一定的胆量的。在"笔仗"后的将近七十年时间中，施蛰存也没有在任何文章里对鲁迅稍涉不敬，相反在鲁迅逝世二十周年或诞辰百年纪念活动中，他倒是写了诗文以纪念这位民族的巨人。说来有趣，施蛰存之喜欢收藏金石拓片，抄录古碑，还是受鲁迅先生的启发。他在一册《北山集古录》自序中写道："鲁迅的早年生活，恐怕很岑寂。下班之后，便躲进他的老虎尾巴里抄写古碑。五四运动，才把他振作起来，走出老虎尾巴，去干文学革命。我在一九五八年以后，几乎有二十年，生活也岑寂得很。我就学习鲁迅，躲进我的老虎尾巴——北山小楼里，抄写古碑。这是一个讽刺，因为鲁迅从古碑走向革命，而我是从革命走向古碑。这也是一个失败，因为我的革命和古碑，两无成就。"这自然是施先生的谦辞，因为我们从施先生编撰出版的《后汉书征碑录》《三国志征碑录》《隋书征碑录》《魏书征碑录》《北山楼碑跋》《云间碑录》，辑录的《金石遗闻》《唐碑百选》《历代碑刻墨影》，晚年出版的《北山集古录》《北山谈艺录》《北山谈艺录续编》等专著中可以看出，革命虽无成，但"古碑"的研究成果还是蔚然可观的。

一个真正的作家总是在追求自我的发现和自我的实现，但只有在广泛地舒展艺术触角，进行多元的艺术尝试之后，才能清楚地发现自我和出色地实现自我。施蛰存先生曾经说过："计四年之间，就读大学四所，所遇者皆文字之师，无学问之师，朽木散材，不专一艺，徒为游士而已。"其实，正是这种"游士"生活让他得到自由而广泛地阅读，并结识了他最初文学生涯中的重要朋友戴望舒、冯雪峰、杜衡、刘呐鸥等人。他们共同译书、写作，编辑文学刊物。之江、震旦等教会大学的教育，使施蛰存先生英语、法语皆佳，20世纪二三十年代上海开放的文化风气，又使他能够广泛接受世界文学的影响，从中建立起自己的文学创作标准，并与当时世界文学潮流接轨。从施蛰存早年的学习经历以及文学创作中可以看到，他曾经练习过古典诗词，又曾经摹仿过苏俄文学，曾经体味过欧美的现代派作家，又曾经生吞活剥过日本的自然派作品，但是，他直到把东方温柔敦厚的诗教和西方的人性探索的旨趣融合起来时，才在小说集《上元灯》中，尝到了发现和实现自我的喜悦。

《上元灯》基本上是写实的，大多是写少年时代的生活片断，在一种回忆的惆怅中以白描的手法细腻地记录了江南水乡的风俗民情和少年男女青梅竹马的恋情。明丽清秀，在浓厚的抒情氛围中掺杂了一些淡淡的哀愁。但就其与心理分析小说的特色之关系而言，作者将细腻的内心感觉和曲折委婉的情绪表达与潜意识中性欲的表现结合起来，在表现暴戾乖张的变态性心理方式之外，对另一种清新幽雅、精细入微、绅士式的缠绵情调作了初步尝试。从《上元灯》开始，施蛰存的小说就显示出了独到的风格：剖析人的心理世界，表现人在无意识中的内心冲突，描绘人的多重人格，这些小说在写作手法上受弗洛伊德学说的影响很深，着意于人物潜意识的挖掘，表现双重人格或多重人格，将人物的心理过程展现得细腻曲折而富有层次，是典型的心理分析小说。

从20世纪30年代初出版的《将军的头》和《梅雨之夕》两部短篇集开始，施蛰存热心于运用弗洛伊德的精神分析方法透视人物的潜意识和性心理，独创了一种新异的心理分析小说。《将军的头》是施蛰存的一部历史小说集，收《将军的头》、《石秀》、《鸠摩罗什》、《阿褴公主》四篇。施先生自己曾说过："《鸠摩罗什》是写道和爱的冲突，《将军的头》却写种族和爱的冲突了。至于《石秀》一篇，我是用力在描写一种性欲心理，而最后的《阿褴公主》，则目的只简单地在乎把一个美丽的故事复活在我们眼前。"《梅雨之夕》的情调则很像戴望舒的《雨巷》，感觉是一首美丽动人却又怅惘失落的长诗。小说通过一个已婚的青年男子在雨中送一位少女回家，在一种情绪的流淌回旋中，将人物内心时而疑窦重重，时而如梦似醉的心理独白层层迭进、往复回环，将其心理变化的层层波澜、性意识的潜能，描绘的自然得体，艳而不俗，使作品洋溢着清新淡雅的格调。

施蛰存立志要写出中国20世纪30年代都市社会中的"各种心理"，"写几乎是变态的、怪异的心理"。他的文笔从性爱转向情爱，极力表现30年代中国社会里的各种轻佻悲怆、光怪陆离的爱情。运用弗洛伊德的心理分析的方法，从爱情的角度来探索中国30年代青年知识分子微妙的内心世界。在《散步》《港内小景》《在巴黎大戏院》

等作品中，施蛰存都比较注重从小资产阶级青年自我的性格、理想以至潜意识的角度来揭示他们在爱情世界里所表现出来的心理特征。他所注目的也正是这些置身在这一混乱的社会发展中的青年知识分子的情爱心理，决心要在其中探索出置身在这一时代中的青年们灵魂深处的种种情与欲的奥秘。

在《春阳》、《薄暮的舞女》、《雾》、《阿秀》等作品中，作者关注的中心已经从绅士阶层转移到女性行列中了。《春阳》表现的就是在资本主义文明的强大冲击波中一个封建礼教祭坛上的牺牲品。贯穿于主人公婵阿姨的思想性格始终的，是人的自然本性与贞节观念的冲突。在她的内心世界里，最终是贞节观念压倒了性欲的需求，封建道德规范埋葬了青春和爱情。其它的作品也大都描述了一个孤独的主人公，他们内心的压抑与烦恼无法言述，他们朦胧的反抗意识，在强大的封建意识面前，只能得到瞬间的闪现，最终仍摆脱不了悲哀的命运。

施蛰存的心理分析小说，与风靡世界的现代主义思潮相适应，表现的是人的尊严的失落、人的自我的沦丧和人的性格的分裂。而这样的形象表现，正是中国20世纪30年代的那些置身于资本主义文明与封建传统观念的夹缝中，陷于自我与社会的矛盾中的青年知识分子的焦虑、紊乱、病态的内心世界的真实写照。施先生以弗洛伊德的学说作为小说的精神支柱，追求幻美的艺术，体现了创作主体的高度的个性化。作品中性爱心理的描写，意识流手法的借鉴，达到了较高的艺术效果，而对人物神态、动作、心理距离时空的描写，语言的运用，又不失正常的秩序，读起来十分清晰晓畅，而不像西方现代派小说那样，有一种令人难以捉摸的飘忽感和煞费苦心的晦涩感，因此施蛰存的艺术实践，标志着西方现代派文学在我国文学园地再植生根，显示了东方"心理分析"小说的独特风格。

目录
contents

批注式阅读范例

上元灯

十三日

孩子们都在忙忙碌碌地把他们在闹市里买来的各式花灯点上。天色已傍晚了。(1)一阵一阵的冥鸦在天井上飞过，看见这些红红绿绿的兔子灯、马头灯，被这般高兴的孩子们牵着耍，也准得要觉得满心欢喜地归到它们的平铺着天鹅绒的巢中消度这个灯节。(2)

忽然间，我想起前几天正听说她在忙着扎花灯，(3)此时想必早已完工，满挂在她书室中了。自从初四那一天我曾到她家去拜年以后，就没有看见她过。(4)

我想借着看灯的缘由去看她一遭也好。(5)

打定了主意之后，不由得俯下头来向我身上一瞧。唉！

我走入内室，妈正坐着啜茶，我说："妈，我要换一件袍子穿。"

"我原叫你穿那件新袍子，谁叫你不愿意！"妈说。

"那件新袍子颜色浅得奇难看，谁肯穿着出去吃人家讪笑！"

"谁会讪笑你？还不是崭新的杭绸皮袍，比你身上

批注空间

（1）通过环境描写渲染气氛。

（2）通过"冥鸦"起兴，以引起所用之辞。

（3）通过回忆，引出主人公。

（4）设置悬念，引起读者阅读兴趣。

（5）正式进入情节。

（6）为下文"她"问我穿这件旗袍的情节埋下伏笔。

（7）主人公的形象是可爱、天真，所以"我"才乐意与她交往。

这件脱了线脚的旧袍子好看得多，我看你还是穿了出去罢，你又没有第三件皮袍子。"妈这样诚恳地说。(6)

勉强披上了新袍子，趔趔趄趄地穿过了几条小巷——只因为我不敢走大街，来到了她家。照例招呼了她的母亲和她家诸人，便走入了她的书房。她正在挂她自制的花灯，纸的、纱的、绸的，倒也不下十多个，也有六角形的，也有方的，也有鲸鱼式的，果然夺目得很。她这时高高地站在一只方凳上，手中提了一只彩灯，扎成一座高楼的形式，正将它挂在中间。她看见我便从凳上跳了下来：她原是从来就那样的可爱。她笑盈盈地说："你来看灯吗？(7)你看我这许多灯哪一架最好。"

我约略将这许多灯都看了一遍；实在我以为都是扎得非常精巧，没奈何，指定了她手中的那一座楼式纱灯。

"你说这一架最好吗？"她将那架灯提高了些说。

我说："可不是这架最精致！"

她很得意似地道："这架果然不算坏，可是最精致的还轮不到它呢！"

她说着不住地将两缕柔黑的眼波浏览她的成绩，最后转看着我，她此时似乎得意极了，这般多情的天真啊！

我便问她哪一架灯是最精致的，她只是抿着朱唇浅笑。指着她手中的灯，她说；"你猜，我这架灯替它取个什么名字？"

"我可猜不出你替它取了怎样雅致的名字。"

"我叫它作'玉楼春'，你看好不好？"

她这般说，脸上现出一派天真的愉快的骄矜。

"好，我早就猜着你准是替它取了一个雅致的名字。过了元宵，你该将这架灯送给我。"

"为什么我该送给你这架灯？"她又笑着说。

"这架灯要是不该送给我的，为什么你将它扎得这

样精致？"我也微笑着向她说，害她脸上薄薄地飞上了一阵红霞。(8)

她俯首将她的"玉楼春"拨弄了些时，才抬起头来；我看她还有些余霞未褪。她说："为什么此刻你不要拿去，却要待过了元宵？"

"我家里也没有什么精巧的灯能一齐挂起来欣赏；横竖挂在你这里，我也一样看得。还是挂在你这里格外有趣味些。"我如此答她。她沉吟了半晌说："好，过了元宵节你准来摘了去罢。"

"谢谢你！"我谢了她使她又害羞了。她一瞥眼看见我穿着这样一件浅色的皮袍，便说："你为甚穿着这件袍子，怪刺眼的？还是穿那件旧的好。"

我轻轻地向她叹了一声。她也不再说什么，依旧将两缕眼波注视着我啊！

我懂得她的表情；我是如何难受！

我们沉静了一刻儿，我便分别了。(9)

十四日

下午四点多钟，我偷闲又到她家。走进她的书房，一眼看见她的表兄在与她闲谈；含含糊糊的招呼了之后，便默默地坐下。偏是他刺刺不休地与她多说，冷落得我一点没有与她谈话的机会；但我既然来了，却也不甘就走，只好抑郁地闲坐着。(10)

好容易她母亲在内室叫了他去。她便移着一缕懊恼的眼波向我："多讨厌，噜噜嗦嗦地强要人与他谈天！怪不耐烦的！"

我但向她微笑，也不便多说什么。她问我："今天不穿那新袍子了吗？"

我笑着道："遵你的命，所以不穿。"

这时我才有闲心去浏览她的花灯——在十多个灯

（8）通过一个细节描写，表现小姑娘天真、单纯和羞涩的形象。

（9）情节暂未有波澜。

（10）表兄这一人物的出现，为下文我和"她"发生的矛盾做了"引子"。

中间却遍寻不到昨天的那架"玉楼春"！不觉得纳罕。我便问她"玉楼春"在哪里。

"早给他摘了去了。"她很简约地答我。

"谁摘了去？是你表兄吗？为什么你失约于我？"我很急切地问。

"我又不存心失约，我何尝不竭力想留着给你！可奈他执拗着要，涎着脸向我讨；妈妈又偏说换一架八角灯给你，他便不由我分说地强摘了去，叫我也奈何他们不得。"她这样断断续续地说，声音颤抖得怪伤心的。

我只觉得有些懊恼，默默地坐在椅上，也不答话。我暗自沉思，愈想愈觉得不自在。我自言自语地说："只差了一条……"

她忽然站起身来，走到我所坐的椅旁另一椅上坐了；她脸向着我："你在说什么？"她很急切地问我。

我为烦恼的神经所刺激，说："我只差了一项条件：我不像人家能穿着猞猁袍子博得许多方便。我这般衣着的人便连一架花灯的福分也没处消受！"(11)

我这样愤激地说，她早就两个眼眶中充满了欲堕不堕的珠泪。她将手帕掩拭着眼泪，身子渐渐地靠近了我，低低地说："你为什么说这些话？你想我何曾有一天因为你的衣着而冷淡你！那架'玉楼春'也不是我存心要送给他，你也得谅我处的地位。你想我难道为这些事而使妈生气吗？况且如果我今天将那架灯执拗着要留给你，也要听妈的絮聒，反而使你将来不方便，你难道不懂得吗？"

她这样说，我有些懊悔不该这样说得使她伤心了。

但总含着这一段烦恼。我对着花灯，对着她，不觉得飘落些眼泪。过了半晌，她断断续续地说："不要为什么条件而烦恼罢！"

她的表兄来了，我们掩饰地各自拭去了泪痕，没精打采地胡乱敷衍了一阵。看看天色已晚，我便想走；

（11）"旗袍"这一意象的作用在此彰显。

她邀着我在她家晚饭，我便坚辞了出来；走到仪门还见她在高声地说："明天来吃元宵！"

独自打从小巷中回去，眼前一片的花灯在浮动，心中也不觉得是欢喜，是忧郁，只想起了李义山的伤心诗句，我走着吟着："珠箔飘灯独自归。"(12)

（12）"我"心情不佳，才引出下文表兄来的真实目的。

十五日

想昨天的事情，真够我伤心。她会叫我去吃元宵，还是去呢不去？

饭后我踌躇了半晌，决定了姑且去走一遭。到她家，幸喜她表兄已去，她母亲也不在家；我们能有安闲的机会谈天。

才坐下，她便问我昨晚何以不肯吃了晚饭走。

我说："我哪里愿意和你表兄同桌？假如我昨晚在此吃饭，准听见他和你妈两个人的冷嘲；不用说我不能听，便是你怕也一百二十分的难受。"

她沉吟着也不则一声；我看她胸部一起一伏地呼吸似乎异常的紧张。她徐徐地说："我本想等饭后他去了再给你一个灯作是'玉楼春'的补偿品，却不知道你不愿意在这里吃夜饭，匆匆的便走了。……其实……其实你还是不吃饭好。"

"什么，他们昨晚说了些什么？"我问她。

"他们说什么呢！左右不过是些听不进的话。"

我很想听他们究竟在背后说我些什么。我又问她："他们究竟说我什么？"

"我不愿意说给你听。……说起我该得告诉你……昨天……昨天他竟向我说了……"她说着将两眼深深地注视我。

"他向你说什么？"我问。

"你想说什么？"她以为我故意那样问她，所以很

（13）"我"的急迫表现出我对"她"的在乎和情感。

不好意思地答我。

于是我明白了，不觉的心中跳踊得很猛烈。我急急地问："你如何答他？"（13）

"我也用不着答他，拒绝了就完了。"她很坚决似地说。

"真个拒绝了？"

"我为什么要骗你！为此事昨晚妈还批评了我好些，我也由她。"

"那么如果你妈要勉强你，怎么办呢？"我问。

"由他们，我总是拒绝！"她如是地答我，两眼注视看我，含着一缕隐现的笑纹；她将她的身子移近了我。我垂头坐着，在竭力地搜索。但却不明白我究在搜索些什么。我们又沉默了一会儿；呼吸都很短促。不多时，她站起身来，招呼我道："来，我给你一件东西。"说着，她在前走着，出了书房，我便随着她。她引我上楼，到了她的卧室，以前我从没有机会来过。我还未曾将她的精美的卧室浏览清楚，她已指着中间挂着的一架淡青纱灯问我道："你看，我留了这架最精致的灯给你好吗？"

我看那架灯果然比"玉楼春"精致得多。四面都画着工笔的孩童迎灯戏，十分的古雅。我说："好，这个给我也好。"

她很快活地道："你看比'玉楼春'如何？我这画是仿南木画院本画起来的，足足费了我两天工夫呢。"

"这个比'玉楼春'自然要精致得多。"我说着便将灯摘了下来。"此刻我再不摘去，明天又要不得到手了。"我又说。

她笑着道："我这个灯因此挂在房里，他哪里能够摘去！"

我说："他难道不能来要你这个灯？"

"我可不准他进我的房。"她正色地说。（14）

"但是为什么我可以进来？"我笑问她。

（14）这一情节，表现了"我"在"她"心中的地位。

她两颊不觉得又红了一阵，低着头只是不开口。我便将灯安放在桌上，走到她身旁，轻轻地在她身边说："倘若你表兄向你说的话变了是我说的，你可要拒绝也不？"

　　她猛然间听我如此说，不觉得有些吃惊，脸上忽然转成灰白，她抬头将她的多情的眼波又瞟了我一次，忽然脸上又升满了红霞。她又垂着头，只是不则一声。我又轻轻地问："你不会拒绝吗？"(15)

　　她依然不则一声，将她的眼波投视着我，旋又移开了去。吃过了元宵，转瞬间，天色又晚了。我提了灯儿与她道别，她说："当心着别将灯撞损了。"

　　含着笑眼看着她，我说："即使这个灯儿全坏了，我也不可惜，因为今天我得到的真太多了。"她红着脸送我到门边，我也不记得如何与她分别。我走热闹的大街回家，提着青纱彩画的灯儿，很光荣地回家。在路上，我以为我已是一个受人欢颂的胜利者了。但是，低下头去，一眼看见了我这件旧衣服，又不觉得轻轻地太息。(16)

（15）问没有答，但一切尽在不言中。

（16）运用了心理描写，形象地写出"我"胜利后的喜悦之情。

黄庆发　批注

扇

　　天气热起来了，男的女的的手里，出门时都摇着扇子了。将穿敝了的一件夹衫换去了身之后，我也想起：这时令是可以带了扇子出门了。记得去年曾用过的那柄有朋友叶君写着秦少游《望海潮》词的福州漆骨折扇还并不破旧，中秋以后，将它随便放进了那只堆存旧扇秃笔的橱抽屉里，不知如今还可以用用否。现在是百物昂贵的时候，一副起码的粗粗地制成的扇骨，配上一页白扇面，也得要半块钱呢。如果去年的旧物，还拿得出去用用的话，何必再去买新的呢。

　　开了那只久闭了的橱抽屉，把尘封了的什物翻检了半响，一个小纸包里的是记不起哪年代收下来的凤仙花籽，一个纸匣里的是用旧了的笔尖，还有一枚人家写给父亲的旧信封里却藏着许多大清邮票，此外，还有几付残破的扇骨，一个陈曼生的细砚，倒是精致的文房具。再底下，唉，这个东西还存在吗！一时间真不禁有些悠远的惆怅。

　　那是安眠在抽屉底上的，棉纸封袋里的一柄茜色轻纱的团扇。

　　现在，都会里的女士是随处都有电扇凉风可以吹拂她们的玉体，而白昼没有电气的内地的城市里的女士是流行着雀羽的扇子了。团扇，当然是过了时，市面上早已没有了这一注货色，年纪轻的后生，恐怕只好在旧时代的画本中去端详一个美人的挥着团扇的姿态了。我之看见了旧藏的团扇而惆怅，倒并不是因为它的过时，一种扇子的过时，于我又有什么关系呢。我之

所以觉得惆怅，只是为了这一柄团扇是于我有些瓜葛的。那还是住在苏州的少年时候的事哩。

父亲因为要到师范学堂做监督而全家迁苏的那一年，我才只九岁。到苏州之后的第一个月，我记得很清楚，我整天地藏躲在醋库巷里的租住屋里，不敢出外，因为我不会说苏州话，人家说话，我也不懂得。但有一天是非出去不可了，而且是出去和许多的说苏州话的小朋友接触，那是父亲送我进附属小学继续读书的第一天。先一夜，父亲说："阿宁，明天又要读书去了。"

我说："哪里去读书？"父亲说："附属小学。就在师范学堂对面，放了夜学你还好来看我呢。我已经去和学校里的先生说好了，原旧是三年级……"他又回过头去对母亲说："将来阿宁可以住到我学堂里去，省得每天来来去去的走。"

母亲笑笑，没有加以可否。我心里也木然，因为住在家里和母亲一处和住在学堂里和父亲一处，在我是都愿意的。

语言的难题又来到我心里，我痴想着：一群男女小同学在种着花的学校园里环绕着我，笑着我的家乡话。

过了一会，母亲笑着说："阿宁，为什么发着呆，为了明朝要进学堂去，所以不高兴着么？"

我一声也不响，呆想着。年老的唐妈在旁边，又唱起她惯用的嘲笑我的歌词："懒学精，称称三百斤。"

我被激怒着说："谁想懒学呀，为的是怕说起话来给人家笑呀，况且，况且，我一个人也不认识，走进陌生的学堂里去，叫我怎么好呢。"

父亲就说："有什么好笑，就是人家笑，也随他们好了，过了三个月你一定也会得说苏州话。如果说没有人认得，那么明朝可以和对面金家的惜官、珍官同去，明朝早上我带你去认识认识，搭个小朋友，以后也好一同做伴儿早出晚归，便当些。"

这样，于是在进学堂的那天早晨。我认识了生平第一个女朋友：金树珍。

惜官的名字是树玉，是她的小两岁的弟弟。

在能说苏州话之前，很奇怪地，对了她，我居然很不羞赧地说着家乡的土话，而且说得很多，很琐屑。我告诉她城隍山的风景怎样好，西湖怎样好——其实那个时候的西湖，还是很荒寒的，而我也只跟了父亲，从清波门出去约略地玩了一玩而已。我在家乡的小学堂里读的是哪几本书，父亲有怎样几本有好看的图画的书。她不能全懂地听着我的奇怪的乡音，不时地微笑着，但我并不觉得如躲在屋子里不敢出来的时候所想象着那样的脸红。

到我能够自由地说苏州话，我和她，当然还和她的弟弟，已经因为同级同学、邻居，两重关系而成为很亲密的朋友了。我之所以后来不愿意住到父亲学堂里去，如今回想起来，也就是为了这个缘故。但那时却并没意识地觉察到这种心绪，只说是为了要陪伴母亲。

一年一年地，无知的童年如燕羽似地掠过了。我在学堂里，除了他们姊弟之外，不曾有过第三个朋友，每天，除了睡到我的小床上去的夜间和吃饭的时间之外，不曾有过和他们俩分离的时候。于是到了第五年了。我们是在高等第四级。

如果这一年不遗留这一柄团扇给我，现在我还能够想念起她吗？我的回忆还能不能捉到一个起因而蔓延开去吗？

那时候的学制，两级的小学堂是男女兼收的，但中学堂却男女分校了；高等第四级是两级小学的最末一年，我因此常觉得心里不宁静，为的是暑假毕业后，如果我依照着父亲的主意，升学进草桥中学或师范学堂，而她依照着她的父亲的主意，辍学家居，便失去了许多亲近的机会。那一种心绪，虽然还不曾懂得就是现在所谓恋爱的苦闷，但却时常感觉到有一个空虚的生涯将要来了似的烦乱。

于是，显著的病象是春季小考失败了。

我素来是个好胜的人，但那时候并不觉得是羞耻。我甚至还希望她和我一样的对于功课怠惰下去，如果能得大家都留级一年，也是愿意的。呀，那时候的心情，便是留级到三年、四年、五年，只要她也继续地和我同学下去，也都是高兴的。一年一度地读着同样的书本，只要有着她在课室里，也就好似诵读着新的书了。

但是，她说留级是可羞的事，如果我真的连毕业考试也失

败了，在她毕业之后，她将不再和我继续做朋友，也不许我到她家里去，就是托名去看她的弟弟，她也是要叫阿翠赶我出大门的，因为她看轻不用功的人。

我的知道不用功是可羞的，原来是因为她如此想着而我遂也如此想着的。

于是大考的日期在揭示牌上公布出来。我是被逼得每天晚上要在灯下整理功课了。但这倒是一个很好的机会，在几个清朗的晚间，她和她的弟弟常在晚饭之后差了他们的阿翠过来叫我带了书本去和他们一同温理，而我便一定会得由唐妈管领着在月光下穿过清静的街走进她家的广漆墙门去。

一夜，月亮光光地，好像是五月望日的前后，天气是如现在一样的沉闷。

因为距离大考只有三四夜了，攒集着童稚的头在灯光下温习那最觉得艰难的理科书，不知不觉地夜已很深了。

收拾了书本，将要喊在厢房里和她家的女仆们说闲话的唐妈的时候，一点亮绿的萤火悠然地从窗外的帘隙间穿过，在空中摇荡了一会，便又悠然地浮上了屋檐。她叫喊着"扑呀，扑呀"的时候，流萤早已曳着微光从墙东隐逝了去。

"今夜月亮很好呀，园里一定有许多的萤火虫，何不去看看呢？"树玉叫了起来。

月下的园景，忽然浮上我脑里来了，我冥想着这个时候，墙外的她家的小花园是一定有很好的风景的。茅亭里的花磁凳上去坐坐，乱噪着青蛙的浅池边去站一会儿，还哪里会想起回家去睡觉呢。那时候，我知道的，从她凝神着的眼光里，看出了她心中也在浮动着月下的园景，她一定是在想去采撷些夜来香、橙子花或石榴花；想到假山石旁边去看月华和浮云，想去听青草丛里的蛙跳进池水里去的声音和蝼蛄的声音，想看从茅亭的顶上飞出来的蝙蝠或是那些像水上的柳叶似地飘浮着的萤火。

"去呀，你不要回去了，叫唐妈回去罢，你住在我们家里去玩花园，夜里和弟弟睡……"她伸起手来，不完全地说，眉宇间满含着欢喜和最高的兴致。说完了，又飞步抢到房间里来告诉她的母亲。

结果是由她们把唐妈打发回家，我是不由分说地被留住了。

三个人由阿翠陪伴着，开了八角门，走进了花园。夜色果然是清丽万分，到如今回想起来，也仿佛如在目前似的。但那时对于这种园景，倒并不会有特别的爱好和留恋，因为并不曾想到此后是永不会有机缘再在这个园里作惬心的夜游。

那时所留恋和爱好的仍是她，我故意走在她身边，或前一步，或依近着她并肩而走。青春的爱欲在我心中萌动着，但并不曾自觉。树玉胆子较小，不敢前行，只跟着在我们后面，阿翠虽然年纪比我们大几岁，但也还是有着童稚的心，她一路撷着花草，若即若离地同行。三条纤细的人影在草路上的花叶影间伸过去，在茅亭里逗留一会，在池塘边也静立一会，看看水中的月影，都觉得并无什么话可以说。蛙从草丛中惊窜到水里去，蝙蝠乱飞，榆树上的巢中的乌鸦也在对着明月哑哑地啼起来，垂柳被月光筛着，如同织成了的魔网，萤火出没在草堆里。风景如此，我悄悄地凝看着她，黑的发光的眸子，小小的薄嘴唇、脸、耳，纤削的肩头，都如有魅力似地深印在我心上了。

"扇子有吗？拿来扑萤火虫呀。"树玉在一个小花架边喊起来，原来那里正有三四点萤火在流动。这时候，我才看见她手里还带一柄团扇。直到后来能读唐诗的时候，才知道"轻罗小扇扑流萤"这一番情景是早有古诗人低徊咏叹过一番了。萤是终于没有扑到，但人却全疲乏了。参差地绕行着蜿蜒的小径，虽然不说明，但各人都想着回进去了。缓步之间，絮絮地又说了许多的话，我很记得，从品评同学的学问说到考试，又支延开去说到先生的公正和偏私，随后又归结到我们自己。"书都还没有温习好呢，不知能够考得出来吗？"树玉第一个烦恼着。"还有三天好温习呢，怕什么呀。"我说。她微笑着，在月光中我看得见，很清楚，是可爱的微笑。但我又知道，她的意思是颇有些讥讽的，她好像说："怕又要像春季小考那样的落第了。"我自己觉得脸上热起来，很有些害羞了："但我是恐怕一定不会及格的。"说着这样的话，虽则动机是想掩饰刚才的夸大的失言，但说出口了之后，好像感觉到自己是真的要被留级了似的，心

中忐忑不宁起来了。自己私下考问着自己，算术能够及格吗？英文的生字都记熟了吗？历史和地理温习得怎么了？自己以为最不成问题的作文，会不会临时写不起来呀？要是不能毕业的话，唉！

别的倒不成问题，只是此地可自己也没脸儿走进来了。这样凝想着的时候，却不留意到她正在窥伺着我。她将柔细的肘子触一触我的手臂："想什么呀？"她问。"我怕真的要不能毕业呢！"我踌躇地说。

"毕业的人都有奖赏的，校长室里的桌子上排满了许多书、笔、画图颜色，还有许多许多东西，看见了没有呀？"树玉得意地说。

但我是愈烦闷了。此时想来，真不懂那时候何以真会得有这样幼稚的懊恼，但在那时候，这却真成如一桩重大的心事。

"我是一样也拿不到的，你们去多拿些罢。"我说着这样的俏皮话，同时心里也真感受到不会得到那许多奖品中的任何一种的烦闷。

她于是又用一瞥似怜悯又似怀疑的眼波斜睨着我，因为那时候我们刚并行着，唉！树珍我是直到如今，成年以后，不曾再看见过一缕和你那时的相似的眼光，因为那是如何地天真啊！

我看她，在从簇叶丛中泄漏下来的月色中，憬然了好一会儿，她说："宁，你如果毕业了，我也奖一样东西给你好不好？"

我不很清楚她何以忽然有了这样一种思想，她何以说要奖给我一样东西呢？在她这样纯粹的童稚的心里难道是想对于我有什么奖励吗？这是在我到如今也，还是一个神秘。

但那时候，她是说得很端庄似的。

"你说要奖给我什么东西呢？"我问。

"奖？奖一样好东西。"她笑着说，举起手里的那柄团扇来，"这个好不好？"

"这个吗？我没有用呀……"虽然这样地说，但心里是很想要这柄精致的绘着古装美人而又写着什么诗词的罗扇。

"让我看看吧，"我伸着手想去接了来。

"啊！不……"她退了一步。

我曾在那时候有些踟蹰地觉得失望，而同时想获得的心却大大地激动起来，我发了小时候的老脾气，噘着嘴不发一声地走着，走着，就是这样地进了八角门。在门边，她歉然地说："生气了吗？宁，毕业了给你呀，不可以等一等吗？"

固然一则是为了等不及，但同时也为了怕真的要不能毕业。学堂里的奖品不能得到，在我是无关重要的，而这柄已允许了给我的她的团扇之终于不能获得，倒真是有些儿不惬心的。

月光穿过了方格子窗而照满了的小床上，树玉是沉沉入睡了，而我，至今也当然不曾忘记稚气的脑海中，整夜地浮荡着的是我的小情侣所曾应许给我的罗扇！

在朦胧中，我梦见月宫里飞下来的如蛱蝶似的东西，是许多团扇，飘也飘地在我周遭飞舞着，但我是虽然用了许多的精力，伸着手向空中，却一柄也抓不到，我是站立在礼堂外面的栏杆旁边，礼堂里排列了坐着的是同学和先生们，所有的先生都一齐坐着，穿着马褂，礼堂中间的桌子上，陈列着许多奖品。不知道什么人告诉我说这是正在行毕业礼，懂得了这个之后，果然看见那个长胡须的校长正在把那一样样可爱的东西分给同学们，缀不出字母的娄兆、鹿麟有份儿，他们对着我笑，但我却没有。我气苦着，我流着被羞辱的眼泪，但并没有想走进去。而蛱蝶似的飞流着的扇子依然在四周旋绕……

直到我哭醒转来。

蛎壳窗上还并不很亮，太阳似乎还没有出来呢，树玉还没有醒，我就起来了。我害着羞不敢招呼她家的女佣打洗脸水，只是默默地又悄悄地蹑足走出房来，半晒着阳光的树枝上雀子噪着，玉簪花的白面上点着露水的泪，院子里是静悄悄地。走进书房，心想把功课趁这清早的时间温理一些。但是首先看见的在书桌上的东西，不是书，不是文房具，……是曾经想了一夜的团扇呀！

即使是刚在萌芽着的青春的爱欲也会得将蒙昧的云翳遮住了人的理智，我便是为了这个缘故，用天真的干净的手，为了她的关系，自主地从桌子上取了她的团扇。

托词说是要回到家里去用早膳，坚辞了阿翠的邀留，我把这柄蒙了恋爱之眚的罗扇夹在书包里匆匆地回到家里。心中只觉得快活。

虽则年轻，理智也毕竟渐渐地回转来了。当她和她的弟弟来邀我一同进学堂去的时候，我心里曾是很不宁静着。应该告诉她吗，我所曾做成了的罪恶？她好像还不曾知道似的：她难道今天没有想起带扇子吗？……我心里踌躇着，自己也甚至不敢带了自己的折扇上学去，为的是怕她看见了之后想念起她自己的扇子来。

但是走在路上时，心里总烦乱着，自己想："宁，你是从不曾偷窃过人家的东西呀。"

于是，在没有走到学堂之前，我到底说了出来，装着苦闷的笑脸："树珍你的团扇呢？"

"咿呀，忘却了呢！"她想起来，但已经快到学堂了。

"回家去也是寻不到的，我——"

"怎么，你？——"

"在我家里了……"

"呀，你拿去了吗？快还我啊，我没有肯给你哪，……你是不应该的。"

她凝视着我，用了谴责的眼光。

我守着沉默，还有什么话好说呢，她是这样地词严理正！

她，也好像抑郁得很，整天地寂静着，时常用那责备的眼波看着我，没有和我谈话；也绝没有和我笑过一笑。树玉也甚至学着他姊姊的样。于是我被轻视了一口，从没有那天似的难过啊！

散学回家，我是决定取出这柄为赃物的扇子来还给她了。我拿了这柄团扇，心里不免有些不舍似地，一步一挨地到她家里。

她用怀疑和惊异的眼光看着我，我翘趄地在她面前。

"还你。"她似乎笑了，又似乎眼睛里含着些泪，我不解，即使到了如今，如她那时这样的童年，何以居然能够眼眶里有着这种感动情绪的泪呢？

她伸出小小的白手来收了那精雅的她的扇子，但我却眼泪流出眶外了。

静默了一会，她老是看着我。

使我出于意外的是她再将这柄扇子递向着我，破了愁颜，辗然一笑，说：“你喜欢它吗？送给了你罢。”

我确曾痴呆地不知所措了一会儿，在我单纯的心里，确曾有一时猜不到她这个举动是什么意思，但结末是感谢地收下了这个纪念物。

我并且还大大地感动着。

我所惊奇的是何以她竟有这样的理解：她不愿意我负了窃盗的罪名，而终于使我获得了爱物。这样的处理，是我至今还佩服着，感激着的。她不是一个能干的女子吗？是的，谁敢说不是呢？

毕业之后的辛亥革命使我随着父亲离开了苏州暌违了她，到如今是这样地年久了。只在间接的消息中，每年两三次地得知了她的生活。她是嫁人了，而且有了孩子，在她的认识的人的口碑中，她依然是一个能干的、善良的、美丽的女子。

而我，性格仍是小时候那样，过尽了青春，到了如现在这样的可烦恼的中年，只在对着这小时候的友情的纪念物而抽理出感伤的回忆，天啊！能够再让我重演青春的浪漫故事吗？

周夫人

　　一个人回想起往时的事，总会觉得有些甜的、酸的或朦胧的味儿——虽则在当时或许竟没有一些意思。再说，人常在忆念青年时的浪漫史，颇有些人在老年时或中年时替它们垂泪。我们的喜欢读小说的朋友，现在是有机会能读到施笃母的《茵梦湖》了。那就是描述老年人回忆青年时切心的浪漫史的一种强有力的著作。然而，在我想，青年时的任何遭际，都有在将来发生同样有力的追怀的可能性，正不独一定要在身当其际的时候已自知其为有长相忆的价值的。咳！在花蕊一般的青年人生，哪一桩事不是惘惘然地去经历？

　　然而愈是惘惘然，却使追忆起来的时候愈觉得惆怅。

　　自从搬家到慈谿来，一转眼又是十多年了。这四五千日的光阴把我从不知世事的小学生陶熔成一个饱经甘苦的中年人。我把我的青年在这里消磨尽，我把我的人事在这里一桩桩地做了，姊妹父母现在都已辞谢了这所屋宇，两幢楼房，当时颇觉得湫隘的，现在是只剩了我这孤身和女佣了。这个女佣是来了才十个月，她何曾知道我的家事！

　　我想起了陈妈，就又想起了周夫人。

　　由杭州搬家到这里的时候，正在十月中旬，忙忙碌碌的布置了一切家具，才略略的安顿，便又须琐琐屑屑地筹备过新年了。一概由父母料理，我是在那时不必如现在一样地经纪家事的。我从杭州抛下了书包，镇日价在赏玩我的新环境，结交我的新朋友，当时这房子的四邻，并没有如现在这样多的孩子，因此我于结交新朋友上是很失望的。我每天常在上午看看小说书。那时候，读者是晓得的，我不曾有看感伤的《茵梦湖》之类的书的福气，其实也并没有欢迎这类书的心情，我只不过看些《七侠五义》罢了。下午，我便牵了陈妈去逛逛街坊。陈妈是随着我们从杭州来的，她虽然年纪已有四十五开外，但却颇高兴东邻西舍地逛耍。她是绍兴人，她常常有一个奇怪的名词在口中，她常把东邻西舍去逛耍那一回事称作"抢人家"。

吃过午饭，她洗好了碗盏，便来招呼我道："微官，我们去抢人家去。"

于是我们便一同走了出去。年尾的时光，便如此消磨了去。

新年里，这个新年，对于我们是更新了。我对于慈谿的风俗，在这个新年里找到许多与杭州的不同，因此我很有兴味地在新年里到处玩耍。财神日之后一日还是两日，我是记忆不清了。那天晚上，吃过夜饭，大厅上灯烛辉煌地，父亲在和他的朋友们赌钱。陈妈照例将厨房里收拾清楚后，便来招呼我出去。

"今夜到哪里去玩呢？"走出门，我便问她。

"要不要到周家去，他家少奶奶常叫我带你去耍子耍子。"她夹杂了绍兴话和杭州音回答我。

"周家，在哪里？"我问。

"就在转弯小巷里。"她说。

我也没多话说，陈妈的计较那时我是很喜欢顺从的，所以我也不因为陌生而不依她的话。我们只几十步路便到了周家。大门是虚掩着，我们便自己推开了走进去。屋宇并不比我家大些，也只不过窄窄的两间楼屋，带一个披厢。楼下靠东面的那一间里，闪亮的灯光下围聚着许多人，在那里很快活地嬉笑，嘈杂的声音这般的尖锐！在我尚未走进去时，已能度料到这屋子里准都是女子。走了进去，果然桌子四周都是些左近邻舍人家的女人，正在攒聚着掷状元般。

我和陈妈走入屋内，大家便都来招呼。好在一大半人都是已经认识的，倒也不觉得多少陌生。陈妈在众人中指给我一位穿着得很朴素而精美的夫人道："这就是周家少奶奶，你就叫一声干娘罢。"她如此地介绍。我是髫龄的不懂事，也便顺着口高

高兴兴的叫了一声"干娘"，同时陈妈又将我介绍给她："这就是我们的微官，今天来耍子耍子，认认干娘。"她说着笑嘻嘻地表现出一种老资格的女佣的风度。

周夫人将手搭在我的肩上，她仔细地瞧着我。她也没有话向我说，我也在想她正在思索不出什么话和我说；至于我，是更不会得先说什么话的。我轻轻地摆脱了她的手，走到桌子边。这一群姐姐们、干娘们（真的，凡是我上一辈的女人陈妈总要我叫干娘）都很喜欢地招呼我掷状元。于是我便跪在一张小凳上，全个身子扑在桌上地去和她们赌满堂红。

喜喜欢欢地抓骰子掷，偶然在灯光里抬起头来，屡次看见周夫人在注视着我。一撇眼波中，我看她慈善与美丽的荣光在流动着。九点多钟，大家意兴都逐渐衰下去了。陆陆续续地都告别了走散，只剩了周夫人和我。陈妈已不知到哪里去了。我高声地叫着陈妈，她却在厨房里和周夫人家的女佣闲谈。

她隔着个院子在答应我，就走了出来。我说要回家了，周夫人便留我道："还早呢，微官，再顽一会去。我和你再掷一会骰子。"

陈妈和房里的女佣也还没有谈得尽兴，此时却也不想回家，因此她也说："还早呢，再隔一会去罢。"

周夫人移过了骰子盘，把它移近我一些。她仍旧和我对面坐着。我便又抓骰子掷，我掷到了红，便让给她。她一把一把地掷，老是掷不出一颗红来。

我是等得不耐烦了。我想她如此没有红丢出来，不如让给我来罢。因此，我便伸出手去抓骰子，这时候，却不防她也正在伸出手来想再掷一次，于是我的手和她的便不意在骰子盆上碰着了。她却不去抓那几颗骰子，她将我的手一把抓住了。我抬起头来，她正在微笑地对我瞧看。

天啊！现在我追想着，饶恕我不过是一个天真的孩子！

她一手推开骰子盆，一手拉着我道："我们骰子不要掷了，楼上去坐坐罢。"

于是她拿着灯，带我上楼，走入她的房间。她房间里陈设的东西并不多，但每一件都是很精致的，她将灯盏放在床前一只小方桌上，自己便坐在床上。

她要我坐，我便在小桌旁一只春凳上坐了。我们都沉静着，大家都想不出什么话说。她从桌上糖果瓶中取出了些香蕉糖堆在我面前，我也不晓得逊谢，便拈一颗来含了。她问我几岁了，我回答她十二岁。她又问我在哪里读书，我说本来在杭州盐务小学念书，因搬家的缘故，便辍学了，想等过了灯节再进本地的小学校。这样地她问一句我答一句，我寻思着想多说几句话，但是多少的困难！我从来没有和人家对坐着如大人们一般的攀谈过。

她又说："你为什么不早几天就来，我看见你搬家到这里，你每天在巷口走出走进，我就很喜欢你。我曾经叫陈妈带你来玩玩。你为什么到今天才来？"

"陈妈没和我说起过，今晚她才邀我到这里来。"我含着糖答她。

我是只不过一个小孩子，天啊！我何曾在那时懂得世界的广漠呢。我睁着一双无知的眼瞧着她的严肃而整齐的美脸，她却报我以一瞥流转得如电光一般迅速而刺人的，含着不尽的深心的眼波。天啊！女人的媚态是怎样的，在那时我是懂得了，虽然我还没有认识那个字。我思虑了半晌，我也不分明是哪一个精灵教给我问她："周先生不在家吗？"

她似乎很吃惊地道："谁要你这样问我？"

我并没晓得我这句话问得如何的谬误，我红着脸道："我自己这样想着呢。"

她对我凝视了半晌，慢慢地说："你不要再问我，周先生早已死了。你看看他的照片罢。"

她说着便从抽屉中拿出了一张照片，递给我："你看他像谁？"

我拿那张照片一看，却是一个年纪和她相差不多的绅士式的青年。我瞧了半晌，也瞧不出究竟像谁。我便不则一声地将那照片递还了她。她依旧凝视着我，接去了照片："你看像谁？"

"不知道。"我这样答她。

她微笑着道："不是很像你么？"

我是并没有一面手镜安放在我脸前；我自己也丝毫没有觉得我是像这个照片中的周先生。我很不敢相信地凝着眼看她，我也不预备怎么样的答话。

她将照片望了片刻，又向我脸上望着，她并不退坐到床上去。我是被她看得脸上有些儿燥热，我只得假装着瞧看四壁悬挂着的镜屏，我不敢与她的眼光相遇。好一会儿，我回转眼球来，她还在痴望着我。我被她的眼光逼得无奈，向她笑了。她仿佛从深沉的梦里觉来，把照片依旧藏到抽屉里去。

"你不是很像他么？"在开着抽屉的时候，她还这样说。

"我不觉得。"我这样答她。

她将一双手捺住了我的两个肩膀，她的脸对着我的脸，只隔了二三寸的空隙。她依旧是那样的痴望着我。我欲待摆脱了她，但是她的两手已在逐渐地搂紧我了。她的手从我肩膀上沿着我的项颈一径捧住了我的两颊。我是被她这样的抚弄，这样的痴望，颇觉得热得难受。她一回头看着灯光，更一回头，我看她脸上全都升满了红晕，娇嫣得如搽匀了胭脂一般，猛不防她用两臂将我全个身子都搂在她怀里；她抱住了我退坐到床上，她让我立着将上半身倾倚在她胸前，啊！天啊！她把她的粉霞般的脸贴上了我的。她在我耳轮边颤抖地说："你不是很像他吗？"

我是，除了闻到一缕轻淡的香味，一些也没有旁的感觉，我的心房也并没有震动过一次，虽然我是很觉得她胸部起伏得厉害。我想我母亲也常将我抱住在怀里，但并不这样的喘息得厉害。我是很奇怪她的心神宁静地抚爱真不像母亲的那样和平而自然。

她把我放开了让我坐在原位上，她拿起一颗糖送在我嘴里；她从热水瓶里斟了一杯开水给我，自己也满满的喝了一杯，我看她的脸色愈红了，眼睛里仿佛涂上了一个立脱耳的甘油，亮晶晶地在闪掠。她走向窗边把窗推开了两扇，便倚在窗槛上望夜天的新月。我含着糖也走过去，在她身旁攀住了窗槛望望天郊的景色。她低下头来轻轻的向我说："你觉得怎样？"

"什么？我不觉得怎样。"我说。

"你喜欢常常到这里来玩吗？"她又问。

"为什么不喜欢，陈妈不带我来，我自己也认得了。"我这样答她。

"你原是自己来好了。你如果进了学堂，每天放了学便带了书到我这里来温习，我买了糖果等候你，你也好陪陪我。"

"这里没有别的人吗？"我问。

"还有一个姐姐，是在杭州教书的，过了十五就要出去，便只剩了我和秦妈了。你每天来也好热闹些。你肯不肯每天来？"她似乎急切地问我。

"假如娘答应我来，我就每天来。"

"我这里也没有野孩子，你娘总答应你来的。"

她抬起了头仰视着天空独自慢慢地说。

"你看今夜的月亮不是很好玩吗？"她继续着。我也望着月亮，但没些儿思绪，也不更答话。她以为我在沉思些什么，望着我痴痴的不则一声。我回转眼光看了她一眼，她便说："你回去时你娘要问你在哪里吗？"我很简单地道："要问的。"她说："你怎样回答呢？""我说在周家玩。""你要不要告诉你娘我给你看照片那些事的？"她又搂抱了我这样问。"娘问我时我便告诉。""你能不能不告诉呢？"我迟疑了几秒钟道："你如果不愿意我告诉，我便不说也好，我只说在这里掷骰子好了。""那么你就不要说别的话罢。你只说在这里掷骰子就是了。"我是简单的孩子，我真不明白她说些什么。我便惘惘然地问："为什么不要我告诉呢！""这个现在不告诉你，"她忸怩了半晌，慢慢地说："你如果隔一个礼拜不告诉你娘，将来我就仔细地告诉你。""那么我就准定不告诉她。"我很天真地答应了她。陈妈在楼下叫我回家了。我便说了一声："我要去了。"想一径下楼来，但她却一把又曳住了我道："你的话真不真的？"我说："真的不告诉，谁欺哄你不是人。"她笑着又和我吻了一下，又说："你每天要来的呢。"我匆匆地答应了一句便飞奔了下楼，随着陈妈回家。到处的玩耍，一直到过了灯节我也没有再到周家去过一回。孩子时的心，原是野马般的，更何曾能知道这里藏着个秘密呢。上学堂之后才忆念起周家的干娘，问起陈妈，才知道她已因为小姑和自己的职务关系搬家到杭州去了。临走的时候，我正在

学堂里念书，她叫陈妈向我说一声她是在记念我的。

当时童稚的心里，也并不曾起什么感动。

十多年来，更不曾和我这位干娘再见面一回，而小时候的事，现在却哪一桩不在每日的追念中涌上深宏的波涛。天啊！这般的长夜，让我在被冷风吹动得咯吱吱地战抖的窗棂边回想这个小时候的史书上的一页，我是在恍然想起了她那时的心绪，而即使事隔多年，我也还为她感觉到一些悱恻呢。

将军的头

成都猛将有花卿，学语小儿知姓名。

——杜甫

这是在唐朝，是在广德元年呢，还是广德二年？那可记不起了。

但总之是在代宗皇帝治下，西方的强国吐蕃屡次地侵犯进来的时候。

秋季的一日，下着沉重的雨。在通达到国境上去的被称为蚕丛鸟道的巴蜀的乱山中的路上，一支骁勇的骑兵队，人数并不多，但不知怎的好像拥有着万马千军的势力，寂静地沿着山路的高低曲折进行着。率领着这队骑兵的那个骑着神骏的大宛马，披着犀革，提着长矛，腰间挂着宝刀，荷着铜盾的英武的将军是谁呢？他并不是像别的将军一样的生着黑而且大的脸，长满了刚硬的胡须，使人家看过去好像是一团刺猬，或是一堆小小的树林。他的脸是白皙的，髭须是美丽的。眼睛很深，瞳子带着一点棕色，这是有点和人家不同的，但是人家一看见了他这样的眼光，就会得不自禁地要注意到他。并不觉得他的眼睛有什么不好，反而，心里不得不承认他这样的眼睛是有魅惑人的势力的。

但是这个将军，并不因为他这样妩媚的容仪而损失了他的威严，是的，做将军的人是不宜有一个美好的脸的，北齐时候的兰陵王不是因为容貌美丽而不得不在上阵的时候戴一个狰狞的木假面吗？这样说来，这里所讲起的将军，在他的美好的容

貌之外，一定总还有什么使人害怕的地方吗。不错，他还有着一股勇猛英锐的神情，镇日地如像夏云中的闪电似地从眉宇中间放射出来。因此，人家对于这将军也就不敢狎近了。

但是，究竟这将军是谁呢？对于这样的询问，我们这样地讲着，是谁也不会猜想得到的，因为时代已经把对于他的我们的记忆洗荡掉了。但如果在当时，巴蜀之间——哎！岂止巴蜀之间呢！自从讨平了段子璋以后，简直是遍天下了！我这样地一提起，谁不会肯定地说："哦，这不是花惊定将军吗？"

花将军带着他的部下到哪里去呢，在这样使人愁闷的秋雨中，在这样跋涉艰辛的山堆里？这花将军自己也没有知道。他所知道的就是他和他的部下正在被遣调出去，到那有吐蕃兵的地方。但如果再要请问一句，将军和他的部下被遣调到有吐蕃兵的地方去做什么呢？对于这样的探询，如果是在三日之前——这就是说在从成都出发的那一天——如果要将军自己来回答，他是一定肯勇武地说明他是奉命去征伐吐蕃的。可是，为什么三日之后的这一天，他不能这样地回答这个探询呢？这当然是因为他的思想有点改变了。

将军是善于练兵的。他的部下就都是他一手训练出来的精锐。但这里所谓练兵，其实只单单地指示了战术的训导这方面。所以将军的部下，打起仗来是无往不胜的，而胜了之后，总略微有些奸淫掳掠的不检行动，那也是像他们的无往不胜的名誉一样地被人们确信着的。说起花将军的时候，在一切的崇拜与赞美之中，人们都当作白璧之玷似地将这种事情作为对于将军的遗憾。但是，这究竟是不是将军所应该负担的责任呢？苛刻的人，或是不明了事实的真相的人，会得说："是的。"而在将军自己，却内心地否认着。

原来将军并不是纯粹的汉族人。一百多年以前，正在太宗皇帝那时候，吐蕃国的赞普英武的弃宗弄赞派了使者跟随了大唐天使冯德遐回朝来请娶大唐公主的时候，有许多吐蕃国的商人随从着到大唐境域里来做买卖，这些人中间，有一这姓花的武士，只因为在本国里流落得没有了依靠，所以便趁此机会到大唐来观光一番。他到了成都就住下了，替一家军装铺子里帮做着些弓矢戈矛诸般武器。——当然，这是他祖国的绝技呢。他娶了一个汉族女子，就此成家立业起来。这里所讲到的花惊定将军，就是他的孙儿了。将军虽然是由一个汉族的祖母和汉族的母亲所传下来的，但照父系血统上讲起来，他总仍然是一个吐蕃人，虽然他已三世住在汉族的国境里，虽然他父亲已经入了大唐的国籍。将军从小就听惯了矍铄的祖父所对他讲的吐蕃国的一切风俗、宗教和习惯，经过了这老武士的妙舌的渲染，这些祖国的光荣都随着将军的年龄之增长而在他心中照耀着。

但是将军终于做了大唐的武官。

将军的骁勇，是在征伐反叛的梓州刺史段子璋的时候才开始脍炙于人口的。那时他是隶属在剑南节度使崔光远的麾下，将军带了他的骑兵队把段子璋一直追赶到绵州，斩下了逆贼的首级，亲自提着去送呈给崔节度使，那时候的受成都市民的欢迎的光荣景象，实在是将军毕生都忘不了的。但是将军的过失，也就在那时候开始脍炙于人口了。原来将军的骑兵队，都是汉族的武士，虽然在将军的训练之下成就了绝世的战斗士，但是汉族人的贪渎，无义的根性，却不是将军的军事智识所能够训练得好的。所以，当将军得志地奏着凯歌回军的时候，从绵州起，沿路地他的部下开始骚扰民间了。

将军怎样去禁约他的武士呢？

过了几度的尝试之后，将军觉得这是他的能力所不能允许他的工作了。

要训练到他的武士不怕死，是可以的；要训练到他的武士尽忠于大唐皇帝，也是可以的；独于要训练他的武士不爱财货，那是绝对地不可能的。将军觉出了汉族武士的劣根性，便开始感到束手无策了。怎样结束他们呢？凡是要趁着战胜的时候搜刮人民财宝者，一律都处斩么？那是，真的也不必隐讳，然全军都被刑的。这种军令可能发施得下去吗？用告诫的方法么？对于战略的告诫是人人都效命的，但要他们不搜括财货，这是即使将军诚恳地劝导出眼泪来，也是没有人悔悟的。看了这种情形，又听了民众们对于他的不理解的怨谤的话，将军的胜利的欢喜不久就消散了。在他的失望的幻念中，涌现起来的是祖

父嘴里的正直的、骁勇的，除了战死之外一点都不要的吐蕃国的武士。

为了他部下的不检行动，累得主将崔光远受了朝廷的处分，甚至忧怒死了。将军自己，也因了这个缘故，只得将功赎罪，依旧守着原来的官职。这是将军在平定东川之后朝夕烦恼着的事情。

而现在，将军是又奉命统率着他的部下到险峻的大雪山边去征剿那屡次来寇边的吐蕃党项诸国的军队了。

从成都出发的那一天，是晴朗高爽的秋日。带着整肃的骑兵队，号兵在马上吹着尖锐的　篥，大纛旗在山风里飘刮着，回忆着市民欢送的热烈，将军的雄心顿然突跃起来。是建立绝大的功勋的好机会啊！让我把这些草寇灭绝了罢，回到朝廷里，我将笑对着郭子仪将军说："好了，不必有劳将军了。"

第一天在行军的路上的将军的思想是这样的。

而第二天却降着阴惨的西陲的山雨了。乱山里瘴气如浓雾似的围合拢来，给雨水潮润着，沾在将军及其部下的面上和裹着毛　的身上。鼻孔里不住地闻到这种瘴气的硫磺般的臭味，马蹄践蹈在滑腻的石块上，时时要颠蹶。将军及其部下虽然骁勇，行程也不免迟缓了。

这时候，冲着昏冥的征途，听着山间的悲哀的猿啼松啸，将军的心也随景色而阴郁起来了。兵士们一点没有声息，沿路只听得马蹄铁践踏着的声音，或是偶尔有一支长矛碰着树枝或山崖的声音，将军也一点没有声音，只有腰间的宝刀底镡和带上的铜环擦响的声音。但是，将军和兵士们的心里都在思想着。

兵士们的思想是这样的：这一次是去打西南的蛮夷了。听说蛮夷兵的打仗是很凶猛的，他们有着锋利的刀，他们有着能够洞穿了一个人的身体而又飞出去射在大树干上的弩矢，他们有着能够从三百步之外飞来的标枪，他们有着坚密的藤牌，能够使射上去的箭和劈上去的刀全部反弹回来，啊，不是可怕的劲敌吗？……但是，想想看，跟着威名远震的花将军，不就是有了胜利的保障了吗？谁不知我们这支军队是到处打胜仗的，从前段子璋反东川的时候，他的军队不是号称有十万吗？崔将军吃了败仗，跑了；李将军带了兵去，打不下几仗，也败了。不是我们跟了花将军去才打得他一败涂地，连头颅都不保了的吗？这样想来，番兵虽然厉害，但也似乎可以无虑的，花将军一定会有从前诸葛元帅的擒孟获那样的妙计。况且，听说吐蕃是一个西方的大宝国，那里有天下闻名的绿玉和红宝石，有火齐珠，有满坑满谷的牛羊和千里马，有好的地毡，有麝香。在赞普的大拂庐里，有着数千个裸体的美女，整天地弹着箜篌，敲着铜鼓，跳舞着。啊啊，如果打了胜仗，这些是都要给我们享受的了。从前在讨平了段子璋之后，只因为我们略略地向民家取索了一些酬劳，弄得朝廷里大惊小怪，连花将军也升不成官，我们到今天还依然做得一名小兵卒。现在是去征讨番兵，打了胜仗之后，掳掠些番邦宝物和女人，想必是皇帝所许可的吧，我们是去替他开疆拓土，难道还会有罪吗？这样看来，要是此番去打了胜仗，不但升了官，还可以稳稳地发一注财呢，好不快乐呀！……

兵士们差不多全是这样地想着，内中有一个在花将军背后进行着的武士，正当幻想到他带了从吐蕃国得来的宝珠凯旋回来呈献给他的久别了的妻子的时候，不觉得在铁的头盔底下露出了禁约不住的笑颜了。

但是在前面勇猛地进行着的将军却没有想到他的背后的武士会得在这个时候现出笑容来的，因为他——心境突然随着气候阴郁了的花将军，正在严肃地怀想着他的心事：这一次是奉命去征伐吐蕃和党项诸国的，但是，我希望不要遇到了祖国的兵罢。事情不是有点很为难么，前几天匆匆地奉到上峰的札子，说是边疆有寇警，着调花惊定统率所部骑兵垦夜前往剿伐。于是昨天就浩浩荡荡地出发了。而自己何以竟会忘记了自己的出身呢？我不是吐蕃人吗？上头节度使究竟知道我原来是吐蕃国人吗？他为什么派遣我去征讨吐蕃呢？如果晓得我是吐蕃人的话，那么，他们不是故意派遣我去，要我自己去杀我的乡人吗？假如真的是这样，我又该当怎样呢？再说，不管上头派遣我去有没有什么故意的理由，现在我这样地去，是不是真的应该替大唐尽忠而努力杀退祖国的乡人呢？……不啊，不啊，这岂是

一个吐蕃族的武士所肯做的事情呢。然则，如果不奉命呢，也未免有亏了自己的职守……

将军这样地心中筹划着，却再也筹划不出适当的主意来。因此，开始懊悔着前天的奉命出发了。

在第二日的大军的行程上，冲破了沉滞的山雨而在大宛马上思索着的花将军的思想，便这样地与上一日的思想有些不同了。

第三日，花将军及其骑兵队行进在最深的山谷里。雨仍旧下降着。将军沉默着，继续着昨日的思想，他的武士也沉默着，追摹着胜利之后的幸福。

将军背后的那个武士，不时地从瘴雨中看见了他的爱妻的容颜而微笑了。

将军偶尔回过头来，一眼瞥见了他的武士，代替英雄的庄严，脸上满浮着轻佻的微笑。将军的心里，对于这一样的部下，不觉得感到些憎厌了。出军是严肃的事情，是要拿自己的生命去献给祖国的，而汉族的武士却在这样严肃的时候微笑着，是表白着他的勇敢呢？是证实着他的无知呢？将军是已经很明白地看透了他的部下的心，不仅是微笑着的那一个，就连得貌上装作得很端庄的武士们这时候所蕴藏着在肚腹里的说话，也全都了然了。

将军抬起头来，空的灰色的天上，一羽疾飞着的鹘鸟，冲着雨云向西方投奔去了。将军不觉得长叹一声。

"瑊狐之神啊，我岂肯带领着这样一群不成材的汉族的奴才来反叛我的祖国呢。我已是厌倦了流荡的生涯，想要奉着祖父的灵魂，来归还到祖国的大野的怀抱里啊。崇高的大赞普啊，还能够容许我这样的人作为祖国的子民吗？我虽然只有着半个吐蕃的肉身，但是我却承受全个吐蕃人的灵魂和力量。只要大赞普的金箭肯为我留着一支，我是很愿意奉受征调的啊。在我，在卑贱的汉族里做一个将军，还是在英雄的祖国的行伍里做一个吹号兵为更有光荣些。嗳！你们，贪渎的蠢人呀，当你们开始想实现你们的梦幻的时光，那已是你们的最后了。"

将军的思绪有了这样的突变，所以，在这第三日的行程上，如果要问将军统率着他的骑兵队到有吐蕃兵的地方去做什么，这是将军所不敢决然地回答的了。

将军及其骑兵队终于到达了国境。

国境是在大滤河的边上，渡了大滤河，便是连绵着几百里长的有着峭壁危峰的，草木不生的大雪山了。在这大山的平谷中，人们可以偶尔窥见那飘拂着的蜈蚣形的蛮旗。吐蕃兵的胡笳声也会得趁着顺风被飞舞的黄沙所裹着从这些山谷中传扬出来，使大滤河边上的汉族居民会得惊惶得纷纷跑上山岗，远远地望，疑心吐蕃的兵又来袭击了。

这是一个小镇市。是在一个鹜形的高峰底下的平阳上。从山里曲折地流出一注青碧的溪水，便在这个镇市前面和平地经过，再向西转一个弯，绕过一个小山，流入大滤河里去了。镇上的人家，并不很多，如果要说一个数目呢，那么我们就说是有一百数十户罢。每一家的屋子都面对着那条溪水，溪边长着很好看的柳树、桤树或槐树。这样，这个小镇就构成了在西陲的扼着大唐与西南蛮的交通要道中的美景了。

自从贞观年间，大唐与吐蕃交通以后，在深山幽谷之中，彼来来往往的人马自然地踏成了这条大道。脑筋灵敏一点的蜀人，便在这片平原上建筑起竹屋茅舍，预备了些酪浆面食，给过往客商，作打尖之所。这样地人口繁衍起来，房屋也渐渐有改建为砖瓦的了，到如今，这里的成为并不很冷静的镇市，倒也有百年的历史了。但是，近来因为吐蕃国的大赞普，彼薰项东女白狗诸小国的使者的游说，引起了对于有亲属关系的大唐皇帝的疆域的侵略的野心。于是，最先是大唐的边境上陆续受着了吐蕃兵的挑战性的骚扰了。这个镇市，为了地势的关系，也就成了被忽进忽退的吐蕃兵大肆剽掠的目的物了。

因为边境不靖，而大唐的大军又集驻在成都，所以这个镇上的居民，凡是壮健的男子，也便都是能够抵抗一下敌人的武士了。他们也像番兵一样地学就了一手好飞矛和种种刀法，因为他都知道这是番兵所用以取胜的绝技，而要破败那些像旋风一般卷过来的番兵，也唯有用这两种武术才行。有时，有小队

的吐蕃兵或别的蛮族和羌族的野心者驰骤着快马，直立着尖端上飘着白羽的长矛，从对面山岗上直冲过来的时候，镇上所有的武士全都严列着阵势，高坐在马背上，在溪流所绕过的那个小山上静候着。这些吐蕃兵是早已闻名过这镇上的武士的威名的，于是，当自己忖度了一会儿之后，如果自己觉得力量不能抵抗的话，他们即使已经冲到了小山下，也会得立刻勒转马头，退兵回去。未经战斗而就获得了胜利的镇上的武士便全体大笑着，回到镇市上的酒店里轰饮着。但他们很知道羌蛮之流是不肯服输的，他们退去了，一定会邀集了更多的人马，来做二度的袭击，所以，武士们当适度的酣饮之后，便会仍旧严重地武装着四散到各处去埋伏着：树枝上，山谷里，石罅里，草丛里或砖瓦堆的后面。往往在月明的夜里，有个人会得首先看见远处有一骑直奔过来，接着二骑，三骑，四骑，蛮勇的番兵会得有二三百骑的袭来。

于是，打着呼哨互相警告了，便在隐蔽的地方悄悄地一骑一骑地射击着。而那些只恃着勇力的番兵却再也找不出发射这种竹箭或飞矛的人来，便发着盛怒死命地冲过来，而结果却往往只剩了七八骑狼狈地跑回去。所以，番兵对于这个镇市便有点怀恨着了。直到最近，吐蕃的赞普有了正式的命令叫部下尽量地去攻进大唐国境，千万人大队的吐蕃兵便整天地被　望见在大平原上操练了。镇上虽有七八十个朝廷派来在国境上担任防务的戍兵，在鹫形的高峰上虽然筑着一座很大的狼烟台；但是这有什么用处呢？戍兵是简直听了战争要逃跑了的，不中用；狼烟台即使举着很大的烽火，但因为蜀中高山太多了，所以甚至在十里之外，恐怕已经看不见一缕烽火了。于是本镇的居民略微有些自危了。他们觉得如果他们不能抵抗了这一次的番兵，那是全个镇市的生命就都得完结，而且番兵既得到了这样路径的最重要的关隘，他们是很容易长驱直入，攻进成都的了。为了挽救本镇市和全蜀甚至说全个大唐土地的运命起见，镇上的人民不得不派了急足到成都来请增加军队驻扎，以便随时保护了。

花将军便是奉了这样的使命，而来到这个镇市上的。

将军的骑兵队到达的时候，恰当镇上的武士败退了一队一二百骑的吐蕃和党项的混杂军之后。镇上正在举行着欢喜的祝贺会。当将军从一个不很高的山崖旁边首先转出来，向着镇尾前进着，随后便是双人行列的骑兵队逐一地出现了的时候，镇上的那些沸着胜利的热血的人，他们大多数是轰集在一家酒店门前的散列在大树荫下的桌子上的，立刻被其中的一眼光锐敏的人警告着，都含着怀疑的神色，立起来　望了。

大唐的军纛的明显安定了虚惊着的镇民。最先迎着将军的，是按照着他们的礼仪，那些形式主义的戍兵。他们立刻从轰饮着的酒桌边，抛弃了适才的疑心是吐蕃兵又来攻袭的惊慌，齐集了队伍，装着威武又整肃的军容，由吹着欢迎的号角的兵率领着，向将军及其骑兵队迎上来了。

戍兵的头目战地在将军面前，下了马，行着军礼。

"我们是从五六年前就驻扎在这里的边戍兵，因为望见了将军的旗帜，知道是得到了这里的警报由朝廷里派的大军，故而特地赶来迎接的。"

花将军看了他一眼，说："你是头目吗？"

"是，是的，因为从前的头目这回给番兵打死了，弟兄们推举着升做头目的。"

"好，有劳你们了。在前面走，领我们前进到镇上去罢。"

将军及其部下进行到镇上，找好相当的营舍，散队休息的时候，正是在申牌光景。这天气候很晴朗。将军独自浏览着风景，信步走到那家酒店门前，拣一个桌子坐下了。他凝看着溪水、树木和远处的山峰。前前后后围合了许多因为震惊了他的威名而来瞻仰一番颜色的镇上的武士们和妇女们，他也好像没有知道。赔着小心的酒保，承着笑脸来问："将军，可要用一点酒食吗？"

将军依旧沉默着，眼色注着在远处。

将军的眼光好像很空，虽则似乎远望着，但当那些围看着将军中间的一个人——任何一个人，只要一个人就够了——仔细地注意到将军的视线，就可以很容易地发觉将军其实是并不

在看什么。这是因为这些人中间终于竟没有人注意到这个，于是，大众愕视着被窘了的酒保，心中震慑着将军的严肃了。

好久好久，将军如像从幻梦中觉来似地，一回头看见了手持着食巾的酒保和四围的观众都呆立着，便笑着说："给我酒罢，有什么下酒的也给我拣两色来。"

将军的微笑，再加上他的美丽的男性的眼光的流昒，是有着大大的魅力的。当酒保替将军抹好了桌子得意地回进店铺里去的时候，围看着的大众顿然间如像感受了一阵什么爱力似地觉得将军是很和蔼可亲的人了。"为什么刚才觉得这将军是很凶猛的呢，不是错估了他吗？""这个不像是能够杀掉勇悍的叛贼段子璋的头颅的人呀，为什么他这样地和善呢？"各人心中同时这样搜索着。

将军独自饮酒，在几日的行程上所未曾宁静过的思绪，到了这边境的小镇上愈为纷乱了。现在是已经接近了番寇的疆域，究竟应该怎样地决定呢？

如果今夜番兵得知了大唐派遣了骑兵队来征伐他们，因而连夜就来进攻，这也未便不是可能的事呀，那么应取着何等的态度呢？奋勇地抵抗着甚至扑灭他们吗？还是，依照着前两天的不稳的思想，索性欢迎着自己祖国的武士，反戈杀戮这些跟随着来的贪鄙的部下，长驱直入地侵略了大唐的土地呢？关于这两极端的态度，将军再一想到自己从前平东川以后的功高而不受赏，甚至连汉族的诗人杜甫也看得替他代为不平了，于是作着一首《花乡》歌，想起了那对于朝廷很有些讥嘲口气的结句："人道我乡绝世无，既称绝世无，天子胡不唤取守京都？"

将军也很容易毅然地决定他的新生命的。但是将军之所以到了这里，还没有把这个问题取一个果断的解决者，是为了将军对于第二故乡的成都实在也很有些留恋。将军虽则未曾娶妻，而且父母双亡，并没有什么室家之累，但自己本身就是在成都生长的，至今也有三十四年了，就温柔的将军的思想来讲，对于祖国吐蕃的感情倒似乎不如对于成都的感情热烈；但另一方面，将军的英雄的思想，却专力地要把将军曳回他的祖国去。将军同时有着这样的两个心，所以觉得烦乱了。将军是企慕着从祖父嘴里听到的武勇正直的吐蕃国的乡人，而一面又不愿意放弃了大唐的如在成都一般的繁华的生活，同时又不忍率领着乡人，攻击进成都，代替了汉族人而生活着。将军不时地擎了空酒杯痴想。

"无论如何，对于这样贪鄙的汉族人是厌恨的了。虽然汉族中也有着许多正直不苟的，但我是，如果没有新的出路，将永远被埋混在这些贪鄙者的人群中了。就只为了这一点，实在也已经使我有了充分的理由可以反叛起来的。啊！我是要反叛了啊！"

酒酣了的将军的思想是有所侧重了。

将军摇摇晃晃地站起来，想回进自己的营舍了。可是不成，将军把烈性的酒喝过度了，才站起来，只觉得眼前一圈的红色滚旋着，两脚一软，终于又坐了下来。

将军眼睛朦胧地望四围看了一下，看见那么许多人，老是定着眼看他一个，好像从他的身上能够获得什么永恒的乐趣似的。将军又酡颜微笑了。

中了酒的将军的二次的笑，完全怯退了他的隐现在眉宇间的勇猛精锐的神色，在每个武士和妇人的眼里，此时的将军，着实是一个又风流又温柔的醉颜可掬的人物了。将军这样地笑着，众人也跟着你望着我、我望着你地微笑了。

一个开着糕饼店的胡子，他是镇上最好事的人，挤紧了眼皮嬉笑着，带着一点诏媚的神气，向将军说："将军喝醉了。"

"没醉。"将军微笑着回答。但并没有回过头来，认一认问话的是谁。

"将军几时去打吐蕃兵呢？"

胡子因为将军没有回过头来看见他，便从人丛中挤进一些，面对着将军率然地发着这样的问话。

将军心中忽然一惊，几时去打吐蕃兵呢？难道这些围着的人都在这样诘问着吗？好像被洞烛了心事似的，将军有些烦乱了。回过头来，有意无意地看了一眼这个发着这样鲁莽的问话的人，看了他这样一副诏媚得可厌的蠢相，将军深深地把两道眉毛皱紧来。

讨了没趣的那个开糕饼店的胡子涨红着脸搭着退缩了。他旁边的人，都努着嘴，递着嘲笑的眼色送着他。但同时，所有的围合着的观众都担忧着，因为看见将军一听得有人问他几时去打吐蕃兵就立刻皱起了眉头，大众认为将军虽则武勇，而对于那些善使飞矛的羌蛮一定也免不了有些警惕。照这样形势看来，此番的征伐吐蕃和党项羌，也未必就一定会胜利的。推想到这里，大家都现着危惧和猜测的神色了。将军懂了群众的恐慌的神色，倒有点不忍。虽则心中暗想着自己如果归顺了祖国之后，那时免不得要带了正直武勇的乡人直冲进大唐的境域来，把那些平素知道是贪佞无赖的汉人杀个干净，但现在看着这些蒙昧的、纯良的，要想依靠着他求得和平的保障的镇民的可怜的神情，倒觉得另外生了一种感想。

"总之，战争，尤其是两个不同的种族对抗着的，是要受诅咒的！"

将军这样想着了。

一个佩着刀的武士走上前来，正当将军喝尽了樽里的酒，把酒樽放下的时候："将军，适才看着将军的样子，好像将军虽则是奉命来援助我们征讨吐蕃的，但是，将军对于这征讨吐蕃的责任还有着游移的态度，这是教我们失望的。现在大家都因为看了将军的样子起心事来，他们此刻不是在互相纷纷地讨论着吗？他们现在已经好像感觉到将军这一次未见得能够给一个确切的担保，成都来的一向负着威名的将军尚且如此，我们和那些薄弱的边戍兵还哪里敢抵抗着强悍的吐蕃和西羌诸国的兵马呢。从前他们是都由河源取道侵略进陇西去的，所以我们这里一向并没有什么骚乱过。但是，近来的吐蕃兵，很有些侵略剑南的野心，所以不时地有大大小小的队伍冲来试验我们边防的兵力，亏得大家合力起来，屡次地把他们打败了，但是当他们要集合了大军来袭击的时候，我们是没有抵抗的可能的。因为看了这样的危险，所以派了急足使者到成都来请兵。刚才我们看见将军的旗帜从山崖后面展出来的时候，我们是怎样地得了安慰呢？而现在，将军却有着这样的表示，大家都顿然间失掉了希望，你看，将军，他们不是在商量着怎样搬家了吗？……"

愈说愈涌着豪气的武士指着那些正在纷纷地议论着的镇民，睁着严肃的眼凝看着将军。将军从来没有受到过这样厉色的诘责，虽明知这个鲁莽的、热血的武士是代表了全体的镇民误解了他的心理，但在这样的时刻，究竟应当怎样表白呢。将军依旧和蔼地微笑着。这在将军是一方面装着缓和的态度，一方面心中筹划着，而在那些停止了说话，围着静等将军的回答的人们，却愈觉得疑虑了。

天色垂垂晚了。那个率直的武士不免焦急起来。

"如果将军觉得讨伐吐蕃兵是……很……"

将军刷地站了起来，左手一摆："住嘴！"

接着将军大笑了。

"你说我讨伐不下吐蕃兵吗？"

将军秉着他固有的英雄的骄气这样问着。但没有等到那个武士的回答，左边的人丛里突然纷乱起来，一个镇上的武士着地拖着一个将军部下的骑兵分开了众人一直向将军走来。将军吃惊着，喝道："放手！怎么一回事？"

武士后面跟着许多人，一直挤上前来，把将军围在中心。武士走到将军面前，手一松，把那个骑兵摔倒了。武士怒气冲冲地指着那骑兵，对将军说："问他！"

将军向这个倒在地上的似乎曾经过剧烈的决斗的骑兵一看，他认得出这便是在五天的行程中时常痴想得独自微笑着的一个。将军厉声地问："说！做了什么事？"

但倒在地上的骑兵终于只掩着脸没有回话。

"你说！"将军抬起头来问那个武士。

武士沉默了片刻。用腰里佩的剑鞘指着那骑兵，对将军说："问他！跟着人家的姑娘持着刀闯进屋子里去想干什么？"

四围的镇民爆响了一阵怒吼，所有的武士都拔出了刀剑："杀死他！"

将军觉得眼前一阵昏眩，守了许久的寂静。围着的人们以为将军在想一个处置这个越轨的骑兵的方法，但是，实在，将军是眼前又空地浮起了祖国的大野之幻景，刚才被镇民所激起了的心境，忽又沉没下去，眼看着这样的故态复萌的卑贱的部下，

真想全部杀却了之后，单独去归还到英雄的祖国里。

这样一想，将军反叛的意志又抬起头来了。

但当前的问题总是应该解决的。将军便喝问着那个骑兵："有这样的事么？还有什么辩解呢？"

骑兵匍匐着向将军哀求着，但很狡猾似地："事情是有这样的事情的，将军，但是并不曾有某种的恶意。我是因为刀锈了，在镇上找来找去，找不到一家铁铺可以刮锈，所以想借一个砥石来自己磨一下。刚才看见一个小姐走进屋子去，所以跟着进去了。谁想那个小姐立刻就惊惶起来，在院子里叫喊着。于是这个武勇的先生就从边屋里窜出来，不问情由地拔着剑直刺过来了。为了防御自己的生命，所以抵抗了几合，但终于败在他手里，便这样地被抓来受诬了……"

"受诬吗？哼！好个油嘴的东西。我就先杀却了你，再自己去受罪！"

武士鼓着怒气，重又拔出佩剑来，这样喝着，真的要劈下去了。阻止了他这样举动的，不用说，当然是将军，他说："慢，这样是不成的。你得把事情的前前后后讲来。他的说话可不错吗？"

"都是谎！"

"那么就得由你说了。"

"我没有什么可说的。当我正在边屋里擦着我的剑的时候，突然听到我的妹妹在院子里叫着'救命！'于是我提着这剑跑出去，就看见这混蛋的东西持着刀在威胁她。将军，你想这是怎么一回事呢？我难道不应该劈了这厮吗？"

将军向两边各望了一眼道："看来这是要那个小姐，你的妹妹，亲自来把这事情说明的了。她在这里吗？"

武士从后列的人丛中拖曳出一个姑娘来，呈现在将军面前。将军骤然感觉了一次细胞的震动，再看一眼匍匐在地上的骑兵，嘴唇略微抽搐了一会。

将军闭了闭眼，严肃地对那个姑娘说："是怎样的事情呢？这是你的最大的责任，要忠实地告诉出来的。把前前后后都说出来罢，小姐。"

"事情是这样的：刚才在这里看了将军喝酒，看看天色要晚了，想起新近经过一次重战的哥哥在家中休养着必定已经肚子饿了，于是我急急地回家了。走不到几步，对面走来了将军的这个部下。他就站住了看着我。当我走过了他身边，他竟反身走着跟踪我了。并且嘴里还问着'姑娘住在哪里？''可以让我去玩玩吗？'这等的无赖话。我没有理睬他，但他竟跟进了我们的屋子，拔出了腰间的刀，好像要用强了似的。于是我喊起哥哥来，底下的事，便是如哥哥所说的那样了。"

这姑娘的声音非常的清脆，将军心中想着蜀中自古就称为是有艳女的地方，但自己在蜀中生长，于今三十余年，却一个美人也没有看见过。所有的女人，出来总乘坐在一个兜笼里，头上还得包一块黑色布的，遮蔽得大半个脸都看不出来，而如今站在眼前的，却竟仿佛是妖妇似的这样地英锐，这样地美丽，也难怪部下的骑兵要有着不正的行动了。

但将军却万万不能这样地说出来，他只凝视着地上的骑兵："不是这样吗？还要怎么样替你自己辩解呢？"

骑兵默然了。

"我们是来给镇上的人民保护的，现在吐蕃兵来过的时候，倒并没有这种的不名誉的行为，而你却竟敢冒着这个危险而首先做下了，要你这种东西什么用处呢？打破了番兵，到那些野蛮的国度里去，倒或者说不妨让弟兄们快乐一下，但是现在，在自己的土地内，你却竟这样地大胆做着这种不名誉的事件吗？好，你爱这样，让我来给你一个永恒的罢。"

将军说了这样的话，四围的观众全部感到了一阵寒噤。将军回过头去，后面站着他的卫兵。严厉地，将军发着号令："把这厮砍了，首级挂在那树上。"

观众一齐发了声喊，妇女们掩着脸，退避到后面去了。犯了法的骑兵的首级由一个卫兵献呈了一下，便去挂在将军指定的树枝上了。正当这时候，将军心里微微地震动了一次，他看见那个骑兵的首级正在发着嘲讽似的狞笑，这样的笑，将军是从来没有看见过，而且是永远不会忘记了的。将军拂拭着额上的汗，稍微镇定了一下，对着那些因了这事件而齐集拢来的骑

兵训告着："弟兄们都得自己留心着。我们是奉了上头的命令来保护这里的百姓们的，我们哪里可以随便地扰乱他们呢。如像这个不成材的东西似的犯了法给人家抓了来，要是没有处分的话，岂不是变了我们没有军法了吗？这些围看着的镇上的百姓们会得心服吗？我现在也并不是一定要苛待着弟兄们，只是弟兄们也该替这里的百姓们想一想，他们为什么欢迎我们到这里来的呢？现在，对着这个混蛋东西的首级，弟兄们都各自留心着罢。要顾全我们军队的名誉呀！况且，等到打败了吐蕃兵，我们不是可以大大的快活一会吗？如果打到了吐蕃的京城里，不是比这里更好得多吗？"

将军说着这样的含着十分的暗示性的话，部下的骑兵居然一声也不响地退去了。将军很懂得他的部下，如果要用名誉和法律等话来禁约他们的越规的行动，真是不会有一点效力的，即使看见了树上的同伴的首级，也不会有一点感动的。唯有暗示着打败了吐蕃可以任凭他们去奸淫掳掠，于是，想起了眼前就要到手的大幸福，对于这样的小镇自然没有一个愿意染指了。

部下的骑兵散尽之后，观众也逐渐地退去了。夜色已经来统治着镇市。

将军空虚地手扶着刀柄，踏着迟缓的脚步，正想走向自己的营舍去，忽然抬起眼来看见了那个镇上的武士和他的妹妹，在距离十几步以外的街上步着。

将军忽然动了一种急突的意欲，不经思考地喊着："喂，慢走！"

武士和他的妹妹回转头来了。停止着脚步，带着出于不意似的神情等候着将军。当将军走近去的时候，武士服从地询问道："有什么命令吗，将军？"

将军倒有点窘促了。有什么命令吗？将军便是再三的思索也不会对于这两个人有什么命令的。但将军是一向有着很机警的待人接物的态度的，在从树林背后升上来的秋夜之月的惨白的光亮中，将军又和蔼地微笑了。"命令吗？倒不是。我是要问一问刚才的事件，可处置得适当吗？"武士看着将军的脸，沉静地说："是的，这是要感谢将军的纪律的。"

将军的脸转向着那个黑衣服的姑娘："你呢？"

"我吗？我想是太严酷了，因为他毕竟没有损伤了我。"

姑娘仰脸看着将军这样说。将军沉静着，依旧显着可爱的微笑。眼色好像出了神似地看着姑娘。终于有意无意地说："真的吗？"

这时候，为了将军所特有的眼睛的魅力——那是在月光中不绝地对于这个姑娘进攻似地闪烁着的，同时又听着将军这样的颇带一些狎亵的调侃，不禁脸红着俯下头去了。但将军也就立刻觉到了自己的应答的不妥了。在将军的意思，是想回答着姑娘的上半句话的；而姑娘要是误会了这是因她的下半句话而发问的呢，那就糟了。将军觉到了这个，便搭着接下她的话："姑娘真的以为太严酷了吗？但是……但是军法里是不包含着人情的。"

旁边的武士才放下了心。

"将军可屈尊到舍下去用晚餐吗？"

将军心里犹豫着，但嘴里却已替他决定了："唔，不打扰了你们吗？"

在深夜的月光下走回营舍去的将军，当走过那挂着一个首级的树下的时候，不觉得通身打了个寒噤，在将军自己的手中，被杀了的人也不算得少，将军从来没有一天能从记忆中想起他们的面貌来的。而这一回，将军觉得有些异样了。自从在橙黄的灯光下，与那好客的武士及其妹妹一同坐下来用着清静的晚餐的一时间起，将军就恍惚眼前继续地在浮动着那个被刑的骑兵的狞笑的脸。在与武士和那个姑娘的友谊的谈话暂时寂静的时候，将军总有一些瑟缩，这是将军即使竭力地要摆脱都摆脱不开的。现在，当夜的山风吹动着月光照得很清楚的挂着首级的树枝的时候，一向胆大的将军也只得掩着面，忍着寒凛匆匆地走过了。

对着门卫谎说是在踏勘地势而走进了营舍的花将军，深长地嘘了一口气，坐下在椅子上。将军觉得无论如何是睡不着了，一半是因为酒饮得大多，一半是因为将军还有许多纷乱的思绪要搜索说是纷乱的思绪，其实也并没有什么难解决的问题。倘若要将军自己仔细地分析出他的思绪何以忽然感觉到纷乱的缘故来，将军是当然可能办得到的。将军自己何尝不明白地知道

这是无疑地为了那个可爱的少女呢，只是将军生长到现在已经三十四岁了，自己也曾大大小小地经过了好几百次的战争，巴蜀的人准都晓得将军是个严正的英雄，而将军自己也每天都自负是一个顶天立地的刚正男子，像恋爱这种事情，一向被将军认为是一个人在平静的生活中自弃地去追寻着的烦恼。将军常常说酒与战争就是他的定命，其他的事情，是一点也无心顾问的。对于自己部下的好色行为，将军是要不宽容地加以严重的叱责或刑法的。即如像刚才的骑兵的被杀，也是将军承袭着素来的气质而执行的处分。为了上述的将军对于恋爱——不管是灵魂的或是肉体的——观念。所以，将军的部下对于民间的掳掠的罪案，是被将军认为比奸淫罪(不管是已遂犯或是未遂犯)轻得多的。

而现在，自以为永远不要懂得恋爱的花惊定将军，却分明感觉到那个偶然邂逅的少女的可爱，而且已经进一步深深地爱着她了。这是将军所感觉到的第一重烦恼。将军坐在充满了秋夜的凉气的房间里，灯光已因油干了而熄灭，月光从木棚的小窗眼里流进来，粗拙的松木制的器具随着轻风的激荡发散着松脂的香味，追想着同餐的少女的天真的容颜；她的深而大的眼，纯黑的头发，整齐的牙齿，凝白的肌肤，和使将军每一眼都不禁心跳的动作。

蜀中的少女，在当时是很有艳名的，而将军在成都生长了三十四年，心目中并不曾觉得看见过一个真的美人。即使说是看见过一个美人的，将军也永没有感觉到心里有所恋慕。而对于在这样冷僻的西陲所遇见的少女，却从头就把全身浸入似地被魅惑着了。这是何故呢？将军的刚毅的意志，对于爱欲的固执的观念，这时候都消逝到哪里去了？

况且，将军又自己奇怪起来，这不是命运故意替他布置下一个很难解决的问题吗？将军的恋爱不迟不早地偏在这个时候发生了。将军不是对于祖国忽然感觉到了热烈的恋慕吗？而现在，正当要想投奔到祖国去的时候却爱恋了一个大唐的少女，这是不是可能的事呢？将军在月下踌躇着这个麻烦的问题。这两种意欲是不是可以并行不悖地都实现了的呢？带了大唐的少女回到吐蕃祖国去吗？不，不啊，这是绝对不可能的。然则，索性不去想着她罢，毅然决然地割裂了这初恋的心。等天光一亮就出发向吐蕃去罢……这样筹划，将军也确曾闭着眼，横了心几次三番地试想要决定过的。无如将军一闭了眼，就仿佛看见了吐蕃的少女们，虽则美丽，但总给将军所心恋着的那个武士的妹妹的崇高的美丽的神光所照映得好像没有容色了。将军到如今才第一次感到恋爱的苦痛和美味。经过了这样的辗转思维，将军才懂得恋爱原来是这样凶猛的东西。将军长叹一声，在无可解决之中，他不敢与未来的运命角逐了。看事情怎样的展开，便怎样的去做罢。将军终于采取了这样的解决法。

一方面苦思着那个黑衣裳的少女，同时将军又不禁要想起那个砍了首级的兵士。将军实在是有些内疚了。这个骑兵是不是真有杀头的罪状呢？是的，他有意图奸淫的罪，在军法上讲起来，是应该处死刑的。但是，自己呢，将军想到这里，就自己战抖了。自己现在不也是同样地对于那个美貌的少女有着某种不敢明说的意欲吗？在那骑兵，不过是因为抑制不住这种意欲，所以有了强暴的越规举动了，而这样就得受死刑；在将军呢，只不过为了身份的关系，没有把这种意欲用强暴的行为表现出来罢了，而这样难道就算是无罪的吗？况且，如果将军做了那个卑微的骑兵，一定不会得像那个不幸的骑兵一样地做出这种要受死刑的行为来吗？将军设身处地想了一想，项颈上觉得一阵痛楚，直通到心里，眼前又浮起了那骑兵的狞笑着的首级。将军受不起这样严酷的嘲讽，闭了眼，连月光也不敢看了。

然而将军即使闭了眼也躲避不掉那个可怕的幻影。他看见那个骑兵跟着那美丽的少女，从她家的矮枣木栅门里进去，少女是惊惶得失措了似地在院子里东躲西跑，把院子里的锦葵花、剪秋萝都撞得零落了满地。但因为骑兵拿着刀恐吓着，所以少女终于被抱在骑兵的坚强的手臂里了。骑兵怎样地吻着那个少女，她怎样徒然地抗拒着，怎样被骑兵抱到一株大栗树底下去，怎样被骑兵宽下了衣裳，怎样被破坏了贞操……这些，将军都惊心动魄地看见了。将军看了那少女的哭泣着的惨白的脸，不禁咬牙切齿地痛恨着那个骑兵，嘴里几乎要向卫队发出命令："把

这厮绑去砍了。"而正在这时光，将军又恍惚觉得所看见的那个施行强暴的人并不是他的部下，是的，决不是那个狞笑着的骑兵了。那么，这样残暴地对于一个无抵抗的美丽少女正在肆意侮辱着的人究竟是谁呢？将军通身感觉到一阵热气，完全自己忘却了自己。原来将军骤然觉到侮辱那少女的人竟绝对不是别个人了，是的，决不是别人了……

而是将军自己。自己的手正在抚摩着那少女的肌肤，自己的嘴唇正压在少女的脸上，而自己所突然感到的热气也就是从这个少女的裸着的肉体上传过来的……

将军如像被魔了似的竭力地呼出了一口气，虽然是坐在充满了秋夜的凉气的房间里，也身上感觉到炙心的蒸热。将军手扶着沉重的头部，站起身来，不知哪一个茅舍里，警醒的鸡已经在首先啼了。

将军在早餐的时光，好像想起了什么似的，吩咐卫兵立刻去把示众着的树枝上挂着的首级取下来掩埋了。

早餐终了，一个队长来问："请将军的示，今天出军去打番兵么？"

看了这样粗蠢而简单的汉族武士，将军不禁愤恨起来，愣着眼痛骂了："好蠢的东西！你晓得番兵有多少，你打得过吗？我们是奉命来抵抗番兵的，他们要是打过来，我们就得竭力抵抗一阵。他们不过来，我们就守着在这里，这就尽了守卫边疆的份儿。你难道还想替皇帝打出天下去吗？你带了多少兵马来？还是你一个儿敌得过千军万马？"

队长不敢回话，只　查连声地应诺着："是，是，是。"

"去把本队的骑兵点了名，原来的戍兵也点了名，镇上的武士也点了名。不准走开。在镇西三里路外面放几个步哨，小山上去派了一个　望，看见番兵来就吹号角，立刻在本街上集队出发。懂了没有？去！"

队长奉着命出去了。将军也就武装着踱了出来。队长是到各营舍、各兵棚里去传达将军的严酷的命令，而将军是到什么地方去呢？这在将军走出营舍的大门的时候，确实自己也还没有知道。

但当他走到了那矮矮的枣木栅门边的时候，他也不能不承认这并不是偶然的事情了。将军在栅门外徘徊着，窥望着被照在朝阳底下的小园，锦葵花、剪秋萝、凤仙、牵牛，各种的花都开得很烂漫，菩提树和栗树，都在晓风中扇动着秋天的凉意，这些景色使将军回想起昨夜的幻境，将军苦痛地叹息了。

将军第七次从小溪边折回到栅门外的时候，看见那个美丽的少女已经在园里提着水壶灌花了。她披散着头发，衣裳没有全扣上，斜敞着衣襟，露出了一角肩膀，显然是刚才起身的样子。将军便立在栅门外看着了。

将军穿着的犀革上的金饰，给朝阳照耀着，恰巧反射了一道刺目的光线，在那美丽的少女的眼前晃动着。吃惊着的她便抬头看见将军了："早呀，将军！"

说着，她提了水壶走过来给将军开了栅门。

"你早，……"

将军对她笑着，好像有话要说下去似的，但隔了许久还没有说出来。

她暂时有点窘了："哥还没有起身哩！……将军要叫他么？"

现在是轮到将军有点窘了，将军摇着手："不，并不，虽则他是应该起来去点名了，但我并不是来叫他的。我，我么？我是随便走着，恰巧走过了这里的，我并不是特地到这里来的。……"

也不知是因为将军把这些话说得太急遽呢，还是因为将军的燃烧着热情的眼睛又在起着魅惑人的作用？这少女注视着将军微笑了。

"将军全身披挂着，我只当是来叫哥哥去打仗的，倒真有点吃惊哩。现在，既然没有什么事情，何不进舍下去坐坐呢？"

听着这样的话，将军疑心着这一定不是一个剑南的女子的声音，哪有这样娇软的呢？将军像失了神似的只管凝看着她："真的吗？到府上去坐坐不妨事吗？……哦，记起来了。……我应该告诉你吗？……让我想一想。……"

"什么事呢？"

"哦，我该得告诉你的，就是那个头，记得吗？已经掩埋掉了。这是我今天吩咐他们做的。……"

"就为了这件事吗？……这也不一定要告诉我的，掩埋了不就完事了吗？……"

"是的。……但是，我要问你，如果再有人来缠扰，你便怎么样呢？"

"是说将军的部下吗？"

"譬如也是我的部下呢？"

"将军一定也会杀了他的。"

"不是我的部下呢？"

"我哥哥会得把他杀了的。"

将军心中一懔，但仍旧微笑着问："但如果是……不是别人呢？"

将军终于说着这样的话，两条英雄的臂膊执着她的肩膀。凝看着她，等候着回答。而这时，那少女却意外地窘急了。她静默地看着将军。她好像能够感觉到将军的跳跃着的心。她好像懂得将军是怎样地抑制不住了他的热情而说出这样的话来。一切的将军的心事，她好像都已经从将军的特异的眼色中读出来了。她镇静地说："按照将军自己的军法，可以有例外么？"

将军心中又感了一惊，何以这样的天真的少女，嘴里会说出这样凶猛的话来呢？这究竟是不是这个少女心中所要说的话呢？还是别个人——对于将军处于嘲讽的地位的人，譬如像那个被砍了首级的骑兵——借了这少女的嘴说出来的？"按照将军自己的军法，可以有例外么？"将军反复着这句问话。

将军好像感觉到这是一重可怕的预兆。但迷惘于爱恋的将军是什么都管不到的。他对这少女注视了好久，用了叹喟的口吻说："按照我自己的军法，你可是这样问我吗？是的，这是不应该有什么例外的。只是……受了自己的刑罚的花惊定，即使砍去了首级，也一定还要来缠扰着姑娘，这倒是可以预言的事了。你看怎样呢？……"

"如果真是这样，倒容易办了。"

那少女看着将军，脱口而出地说了这样的话，将军觉得不宁静起来。难道真的要我砍了头才能够成就了这个恋爱吗？早知要有现在的困难，昨天那个骑兵的头一定不会被砍下来的。而现在是委实两难了。但是，这个谈锋锐利的少女，现在的心里究竟怎样想着呢？她能够接受我的恋爱吗？砍头的话，是真的呢，还是说着玩的？是的，不管她是真的还是假的，总之，如果要让我的初恋成功，似乎非对于昨天的骑兵的头有一个交代不可了。

将军正在这样面有难色地沉思着，站立在身前的少女却失笑起来了："将军在想些什么呢？是不是真的在想先把头砍下来吗？其实也不一定要将军把头砍下来才有办法，如果将军在军法上可以讲得过去，像将军这样的人，想起来哥哥也不会得再替我另外拣选的……"

少女说着，终于不免有些羞涩了，提起了水壶假作灌花的样子，把脸转到别个方向去。而将军呢？听了这样的话，满意地笑了。

将军刚在跨前一步走进枣木的栅门去，事情却有这样的巧，远处一阵喧豗的人声使将军收回了已经跨出的右脚。将军回头一望，看见一簇人正在纷嚷着涌过来。渐渐地看清楚了，在最前的是一个队长，跟着的都是将军部下的骑兵。将军心中一动，恐怕是兵变了吧？便一手扶着腰间的刀把，慌忙地迎上前去。

"乱纷纷的嚷着些什么？"

当走近的时候，将军先喝问着。

那个队长伸开了两臂，阻拦着后面拥挤着向前的人。也没有对将军行一个军礼，也完全缺少了平时的恭顺的态度，直率地说："并不是为了别的事情。就只为了刚才奉了将军的命令去传谕伙伴们，点了名，不准走开，外面放了步哨，山上派了一个　望。但是伙伴们都不乐意，他们都说是跟了将军来征讨吐蕃的，现在放着我们这样的精兵，还有这里镇上的武士们也很了得，为什么将军不肯传令出兵去打一个胜仗呢？况且，伙伴们都说将军昨天答应他们打到吐蕃的京城里，可以大大的快乐一下，所以他们对这里是守着将军的纪律，秋毫无犯。现在既然将军说不去征伐吐蕃，那么不是叫伙伴们都阴干在这里喝大雪山上吹来的西风吗？就是为了这点点小事，小人实在压制不下伙伴们，所以带了他们四处寻找将军请示的……"

将军是不等他说完，已经冲上了怒气了。将军从来没有受着过自己部下这样的侮辱。所以，起先倒暂时地有些手足无措，

默想着怎样对付的办法。

但随后却又因为过度地发怒了，容色很严厉地喝着："我说不去征伐吐蕃便怎么样呢？"

在将军的意思，以为自己这样威严地一喝，把奕奕有神的眼睛凝看着每一个骑兵，照着平常的经验，一定可以把他们压制下去的。但是，出于将军意外的，将军的部下这一回却真的不奉命了。

将军的话说完了之后，短时的寂静了一下，他们便轰响着一个洪大的声音："抢这个镇上！"

将军正在看了这些无纪律的汉族骑兵的贪鄙、下贱的脸而感觉到一阵切心的悲哀的时候，忽然耳朵边听得了一声钢铁般的冷笑。将军一回头，就看见了一个威严的武士：右手握着长矛，左手却持着一个号角，直立在将军的背后，带着挑战性的、轻蔑的脸色看着将军的部下。这个武士即是将军所恋爱着的少女的哥哥。

将军又感受到一阵羞耻。汉族的武士中原来也有着这样的人，而何以自己的部下却偏生这样地卑微呢？这不是自己应该负责的吗？自己不能负这个责任，而要想脱逃到祖国去，这不是羞耻的事吗？况且，当着这样英雄气的武士面前，暴露了自己部下的弱点，不又是羞耻的吗？

但这样困难的境况，却不用将军费心来解决了。正在这时候，随着秋风吹扬过来的是一声声的报警的号角。将军和他的部下都立刻侧着耳朵听了一下。将军拔出了腰间的刀，挥动着，露着轻视的笑容道，"去罢，你们快乐的时光到了。"

街上一阵大纷乱，马蹄踏起了漫天的灰尘，将军部下的骑兵，和镇上人民所组织的武士队全都抢先冲出去了。妇人们都去躲在家里。冷静的街上，只踟蹰着几个留守着的边戍兵。

将军控着大宛马，追风似的奔驰着。马背上的将军却又在沉思了。现在是到了行为的分水岭了。究竟还是反叛了大唐归还到祖国去呢，还是，为了恋爱的缘故，真的去攻打祖国的乡人呢？这是不能不立刻决定的。

将军虽想余裕地打定了最后的主意，但时间却不允许他了。

冲在前头的骑兵队已经与迎面而来的吐蕃和党项羌混合的兵队在一个小山岗底下的平原上接触了。吐蕃兵有着百发百中的箭作为唯一的利器，将军听得空中嘶响着，便一手举起他的铜盾来抵挡，一手便举动着他的大刀呐喊着扑奔过去。将军激动了他的好战的习性，刚才心中纷乱着的思想全都暂时丢开了。在这时候，将军所意识着的，就只是怎样去避免敌人的杀戮，和怎样去杀戮敌人。将军已完全忘记了种族的观念，凡是赶上前来要想杀害他的，都是敌人。为了防御自己，便都得杀死他。

在步兵与骑兵混乱着的战争中，将军兴奋着。忽然，就在将军的身旁，一个武士倒下马来了。将军在匆忙之中，分一点闲暇去看了一眼。那个武士的前胸很深地被射中了一箭，所以倒下了马。而这个武士，当将军的眼睛转向着他的痛楚的脸的时候，将军不禁心中吃了一惊，也就是将军所恋着的少女的哥哥，那个镇上有名的英勇的武士。将军的马向斜里跑去了，那武士的重创了的身上，随即给别的马匹乱踏着了。

将军兜上了心事，不想恋战了，将军尽让他的骏马驮着他向山岗上奔去。

将军想起了那个少女，现在哥哥死了，她不是孤独了吗？谁要来保护她呢？

她不是除了哥哥之外，家中并没有别的人了吗？将军这样想着，便好像已经看见了这个孤苦无依的少女，在他的怀抱之中受着保护。将军心中倒对于这个武士的战死，引为幸运了。这时的花惊定将军完全是自私的，他忘记了从前的武勇的名誉，忘记了自己的纪律，甚至忘记了现在是正在战争。

将军正在满心得意地想回转马头，归向村中去，但没有觉得背后有一个认得他的吐蕃将领正在追踪着他。将军的马刚才回头，将军的眼睛刚才一瞥地看见背后有人，而那凶恶的吐蕃将领的大刀已经从马上猛力地砍上了将军的项颈了。

于是，称为成都猛将的花惊定将军的头便这样地被抓在一个吐蕃将领的手中了。

但，将军倒下马来没有呢？没有！将军并没有感觉到自己的头已经给敌人砍去了。一瞥眼看见了正在将利刀劈过来的吐

蕃将领，将军顿时也动了杀机。将军也把大刀从马上撂过去，而吐蕃将领的头也落在地上了。

所以，事情是正像在传奇小说中所布置的那样巧，说是将军杀吐蕃的将领和吐蕃将领之杀将军是在同时的，也没有什么不可以。这其间，所不同者，是那个吐蕃将领抓着将军的头立刻就倒下马来了，而将军却虽然失去了头，还不就死掉。将军的意志这样地坚强，将军正在想回到村里去，何曾想到要被砍掉了头呢？所以将军杀掉了那个吐蕃将领之后，从地上摸着了胜利的首级，仍旧夹着他的神骏的大宛马，向镇上跑去。

剧烈的战争已持续了两个多时辰，却还没有什么胜败。镇上的人都还躲在屋子里，不敢出来。没有了头的花将军由着他的马背着他沿了溪岸走去，因为是在森密的树林间，踯躅着在溪的彼方的街上的边戍兵也没有看见他。

将军觉得不知怎的忽然闷热起来，为什么眼前一点也看不出什么呢？从前也曾打过仗，却没有这样的经验呀。将军觉得满身都是血了，这样，怎么可以去见那个美丽而又温雅的少女呢？如此想着，将军就以为有找一处浅岸去在溪水里洗濯一下的必要了。

将军在一个滩岸边下了马，走近到溪水边。将军奇怪着，水何以这样浑浊呢，一点也照不见自己的影子？而这时候，在对岸的水阶上洗涤着碗碟的却正是将军所系念着的少女。她偶然抬起头来，看见一个手里提着人头的没有头的武士直立在对岸，起先倒吓了一跳。但她依旧看着，停止了洗涤。她看将军蹲下身来摸索着溪水，像要洗手的样子。她不觉失笑了："喂！打了败仗了吗？头也给人家砍掉了，还要洗什么呢？还不快快地死了，想干什么呢？无头鬼还想做人么？呸！"将军的心，分明听得出这是谁的口音。一时间，将军想起了关于头的谶语，对照着她现在的这样漠然的调侃态度，将军突然感到一阵空虚了。将军的手向空间抓着，随即就倒了下来。

这时候，将军手里的吐蕃人的头露出了笑容。同时，在远处倒在地下的吐蕃人手里提着的将军的头，却流着眼泪了。

鸠摩罗什

一

　　带领着一大群扈从和他的美丽的妻子，走在空旷的山谷里的时候，高坐在骆驼背上的大智鸠摩罗什给侵晓的沙漠风吹拂着，宽大的襟袖和腰带飘扬在金色的太阳光里，他的妻子也坐在一匹同样高的骆驼上，太阳光照着她明媚的脸，闪动着庄严的仪态。她还一直保留着一个龟兹国王女的风度。她在罗什稍后一些，相差只半个骆驼，罗什微微地回过头去，便看见她的深湛的眼睛正凝视在远方，好像从前路的山瘴中看见了蜃楼的幻景。再回过头去一些，在一行人众的身后，穿过飞扬起的尘土，便看见一带高山峻岭包裹着的那座乌鸦形的凉州城。那是在一个大山谷中，太阳光还未完全照到，但已有一部分最高的雉堞、堡垒、塔楼和浮屠上面给镶了一道金色的边缘。有几所给那直到前几天停止的猛烈的战争毁了的堡垒的废墟上，还缕缕地升上白色和黑色的余烬，矗起在半天里的烽火台上，还涌上余剩的黄色的狼烟，但这是始终不曾有效，没有一个救援到来，连那个管烽火的小卒也早已死在台下，但无理智的残烟还未曾消隐。

　　在骆驼背上回看着那个战伤了的古边城的大智鸠摩罗什不觉得喟叹起来。三河王的事业显见的永远地失败了，想想吕氏十余年来的苦心经营，想想这一场恶战的生命的残害，想想吕氏的末裔少年吕弼的慷慨的死状，慈悲的大智鸠摩罗什虽然很

轻视吕氏，也不免有些替他惋惜了，但一想到"十余年来在凉州所能得到的是什么"这个不时盘旋在心中的疑问，便又觉得如这样渎佛的武夫是死有余辜的。在这十余年中，岂但不会使自己的道行精进一些，并且，为了吕光的对于佛教的轻蔑，甚至还被破坏了自己的金刚身，自从七岁时候跟了母亲出家以来，走遍西域诸国，几曾看见过一个出家人有妻呢？但自己现今却明明是带着妻子到秦国去了。说起秦国，也颇有些不能了解它，到了那里是不是将如在凉州一样地被那些官吏和那最高的统治人所尊敬而同时又轻蔑呢？不，听说秦王比吕氏父子高明得多，他是尊崇佛法之人，所以此番命姚硕德统兵来伐吕氏的时候，曾经嘱咐他要把自己好好地带回长安去，并且还把自己封做国师，从这些扈从们的口中听来，恐怕姚王还会亲自出城来迎接，当到达京都城下的时候。从这方面看来，大约此去或许会有些好处。

　　一阵风吹响着一行骆驼的铃从山谷里一直飘扬到山顶上，沿路草碛中的兔儿和松鼠都惊窜了，沉思着的罗什忽然也醒悟转来，回眼一看明媚的他的表妹、他的妻此时是正在浏览着四围的山色，应和着骆驼的款段的步式，做出娉婷的姿态。他忽然觉得又像在家人一样地胸中升起了爱恋。这是十几年来时常苦闷着的，罗什的心里蓄着两种相反的企念，一种是如从前剃度的时候一样严肃的想把自己修成正果，一种是想如凡人似地爱他的妻子。他相信自己是一个虔诚的佛教徒，一切经典的妙谛他已经都参透了，但同时感觉到未能放怀的是对于妻的爱心。他尝自己相信这一定是一重夙缘，因为他对于他的终于娶这个为龟兹王女的表妹为妻的这回事，觉得无论如何不是偶然的。想想小时候和她曾在一块儿玩，童心里对于这个明媚的姑娘似乎确曾天真地爱恋过，但自从随着母亲到沙勒国去出家学道之后，十三年间，竟完全将她忘了。勤敏好学的少年的心中，只是充满了释迦牟尼的遗教，女人，即使是表妹，已完全被禁制着不敢去想了。回到龟兹国来，已是俨然传授了佛祖的衣钵的大师，母舅龟兹国王替他造起了讲坛，每天翻检着贝叶经文对着四方来的学者说法，所以虽然在讲坛下也间或有时看见表妹的美妙庄严的容仪，虽然她的深黑的眼波不时地在凝注着他，但他是不能不压服住那在他心中蠢动的热情了。屡次地，每当幽凉的月夜，在葡萄与贝多树丛中，当他散步着静参禅法的时候，他的表妹总偷偷掩掩地走过来在他背后悄悄地跟随着。她并不招呼他，但是这样地窥伺着他的动静，或窃听着他偶然的虔诚的教理的独白，但她这种跟踪是有好几次曾因池水边孔雀的惊叫或林叶间夜鸦的啼声而促起了他的返身回顾的。

他每次发觉了她跟踪着在背后，心中常觉得有些窘涩。他自己是很自信为一个有定性的僧人，他十余年来的潜修已经很能够保证他的德行。看见了别个女人，即使是很美丽的，他绝不曾动过一点杂念，但这样地每次在月夜的园林中看见了他的天女似的表妹，真不觉得有些心中不自持了。所以，他晓得，这是菩萨降给他的诱惑，最大的、最后的诱惑，勘破了这一重孽缘，便是到达了正果的路。他便合掌着跪下来，祈祷着："佛祖释迦牟尼，凭着你的光荣，我皈依着你的圣洁的教训，我恪守着清规，我每日每时在远避着罪过，你的一切经文中的每一个字都在我心里回响着，我将承受了你的恩宠，向地上众生去光大你的教义。我知道，凭着你的神圣的功德，使我能够避免了一切魔鬼的引诱，但还要祈求你，凭着你的神圣的法力，叱责那些魔鬼的引诱使他们永远地离开了我。让我好平安地在每天的讲坛上赞美你，因为我怕我的定力现在还不够抵抗那最大的引诱。"

当他这样祈祷着的时候，她，那个龟兹国王的爱女，总是挥动着手中的白孔雀羽扇和月光一同微笑着。她尊敬着她的有崇高的功德的表兄，她也听得懂他每次在坛上讲说的教义是何等光明的大道。她并未想恶意地破坏他的潜修，但她确已不自禁地爱了他，她要占有他，这是在她以为是唯一的光辉。

她微笑着，凝看着在虔诚地祷告的她的表兄。

"表兄鸠摩罗什大智的僧人在这样的月夜也要做着严厉的功课吗？难道释迦牟尼佛连一点夜里的树叶的香气也不许他的弟子享受吗？"

"树叶的香气也是一样能够引乱寂定的道心的。表妹，善女

人，在这里，我是如同在沙漠里一样地没有看见什么，我相信我已经能够生活在这个华丽的大城里如在沙漠里一样的不经意，不被身外的魔鬼引诱了去，以致败坏了道行。但是，你，我劝你立刻就离开此地，否则，请让我立刻离开了你，因为，我怕，只有你会得破坏了我。"

"大智的僧人，听了你的话，我赞美你！我怕我真的会破坏了你，因为我的确觉得有一股邪道的大力附着在身上。但是，表兄鸠摩罗什，你可以用你的崇高的教义，照耀在我心里，让我得到了一个纯正的解脱，并且使你自己也避免了一重磨难。真的，在我们之间，我真觉得有一重不容易勘破的磨难。来罢，让我们去坐在那清冽的泉边，你再宣扬一回那个慈悲的太子的教训。"

"不啊，表妹，善女人，那是在讲经的坛上，我可以替你宣扬佛祖的妙谛，但不是在这里啊！我害怕我快要失掉我的定力了。善女人，让我回进去罢。你看，月光已经给黑云遮着了，我知道这里有着最可怕的魔鬼。"

这样说着，他觉得心猿动了，他急急地将枯瘦的手掌掩了脸，剩下了她独自在黑暗的贝多树丛里，管自己走进了他的禅室，在佛像前虔诚地跪下来整夜地忏悔着。

在到长安去的路上行进着的高居在骆驼上的大智鸠摩罗什冥想着十余年前从沙勒国回到龟兹国的时候，觉得自己真的曾经是一个德行很高了的僧人，在最最难于自己克制潜修的青年时代，毕竟完全做到了五蕴皆空的境地，这也不可不算是难能的了。但这十几年时，是仿佛已经完全从那功德的最高点跌了下来，虽然熟习着经文，但已经有了室家之累了；虽然还可能掩饰着人，但自己觉得好像已经在一重幽氛围气里，对人说话也低了声音，神色之间也短了不少光辉，似乎已无异于在家人了。想着了这些，便不禁又抱怨起那渎圣的武夫吕光来了。自己是后悔着当龟兹国被吕氏攻破的时候，不该忽然起了一点留恋之心，遂被吕氏所羁縻。到后来吕光将他和她都灌醉了酒，赤裸了身子幽闭在同一间陈设得异常奢侈的密室里，以致自己褒了苦行，把不住了定力，终于与她犯下了奸淫，这些回想起来是一半怨着自己一半恨着吕光的。因此，虽然是一个有学问的方外人，也不禁对于吕氏今番的败灭有点快意了。但是鸠摩罗什还并未忘记了从前母亲离开龟兹国回到天竺去的时候对他说的和他对她说的那些话。她是早已先知着他是定命着把不可思议的教义宣传到东土去的唯一的僧人，但这事业却于他本身是有害无利的，他对于她的预告，曾应允着不避自身的苦难去流传佛家的教化。由这桩事情上思量起来，在凉州十几年来所受的各种大大小小的灾难或者都是定命的，甚至要这个明媚的表妹为妻的这一重孽缘也是母亲所早已先知着的。鸠摩罗什忽然又在骆驼背上想起了他的母亲，他即便勒住了骆驼，下来在道旁向着辽远的云天对天竺合掌祈祷着，求他母亲的圣洁的荣光帮助他抵抗前途的种种磨难。因为他晓得，在到达秦国的京都之前，一定是还会有许多可以毁灭他的仅剩的一些功德的灾难的。

重又跨上骆驼之际，又看见他的妻的天女一般庄严的脸相正忧愁地在给沙漠的风吹着，头巾猎猎，在风中刮舞。她好像负担着什么凄苦。

当他在那被封闭的密室里和她第一次有肉体的关系的时候，他曾深深地感觉到她有着一种沉重的苦闷。为了爱恋的缘故，将灼热的肉身献呈给他是她心中的一种愉快，但明知因此他将被毁灭了法身的戒行，在她是也颇感受着自己的罪过，她心中同时又有了对于或者会得降临给她的天刑的恐怖。十几年来，被这两重心绪相互地啮蚀着她的灵魂，人也变得忧郁又憔悴了。在鸠摩罗什，他是很懂得她的心曾怎样想，他所自己以为不幸的是，对于因她之故而被毁坏了戒行这回事虽然自己很愤恨着，但对于她的热情，却竟会得如一个在家人似地接受着、享用着，这是他自己也意料不到的照他这样的戒行看来，一切的色、声、香、味、触，都可以坚定地受得住，正不必远远地避居到沙漠的团瓢里去，刻意地离绝官感的诱惑。但他的大危险是对于妻的爱恋。

即使有了肉体的关系，只要并不爱着就好了。他曾经对人说他的终于纳了表妹为妻这回事，在他的功德这方面，是并没有什么影响的，这是正如从臭泥中会得产生出高洁的莲花来，

取莲花的人不会得介意到臭泥的。为了要充分地证实他的比喻，他便开始饮酒荤食，过着绝对与在家人一样的生活。

但这个比喻虽然骗得满凉州的人都更加信仰他的德行不凡，而他自己的心里却埋藏着不可告人的苦楚，他觉得无论如何他与这个龟兹国王女是互相依恋着，决不真是如莲花与臭泥一样的不相干的。

骆驼踏着沉重的脚步，曳着清越的铃声，渐渐地离凉州城愈远了。他看着妻的愁颜，又前前后后地思想着，觉得自己已经完全不能了解自己了，由这样壮盛的扈从和仪仗卫送着到京都去的，是为西番的出名的僧人的鸠摩罗什呢，还是为一个平常的通悟经文的在家人的鸠摩罗什呢？这是在第一日的旅程中的他自己虽然也思索着，但不能解决的疑问。

二

第三日的旅程是从一个小市集上出发的。翻过了一个山冈，走下一条修长的坂道来的时候，太阳刚从东方诸山的背后升起来。四周围看看广漠的景色，鸠摩罗什忽然心中觉得也空旷起来，前两天的烦恼全都消隐下去了。他并不觉得有如前两天的思维的必要。并且，甚至觉得前两天的种种烦恼全是浪费了的。这个照耀在大野上的光明的太阳，好像给予他一重暗示，爱欲和功德是并没有什么冲突的。这是个奇怪的概念，他自己也不很明白何以会这样地想，何以会看了这个第三个旅行日的朝阳而想到这个从来没有一个僧人敢于辩解的思绪。他默数着天竺诸国的高行的僧人娶妻荤食的也并非绝对没有，于是自己又坚信了一些自己的功德或者不会得全毁灭了。但随即又想，不知以前的有妻室的僧人，对于妻是否也这样地痴恋着。这个恐怕未必，……于是觉得自己的情形又两样了，怕仍旧难免要不能修成正果。

为希望着成正果而禁欲、而苦修的僧人不是有大智慧的释子，这个是与为要做官而读书，为要受报应而行善的人同样的低微。罗什心中一转，这样想着了。他忽然感到一阵寒战，自觉这好像又叛道了。为什么一个正宗的佛弟子会这样的不遵守着清规呢？为什么娶了妻，染了爱欲，不自己设法忏悔，而又勉强造做出这种惊人的理解来替自己辩护呢？从这方面想来，他觉得自己真的是一个叛道者了。这时候，他刚在穿过一个白桦树林，听见了大群的骆驼的践踏，林里忽然惊起了一个狐狸，用着狡猾的眼对罗什凝望了一次，曳着毛茸茸的尾巴逃走了。太阳在这片刻间，好像失去了光亮，罗什眼前觉到一阵的昏黑，他知道这是魔鬼的示兆，当一个虔诚的僧人想入邪道的时候，魔鬼是就会得这样地出现的。他觉得灵魂很难受着，他正想下了骆驼，收束起一切的邪念来祈祷，但其时一缕强烈的阳光从树叶隙缝里泻了下来，恰恰射在他脸上，他闭了一次眼，恍惚中听见后面骆驼上的妻在发着悠长的叹息。

他回顾她的时候，她正在垂着头发着第二次的叹息。于是他好像忽然被另一种力勒住了，废去了刚才的要想祈祷的心绪，蹙着眉头，勒停了骆驼，看着他的妻，等她上前来。

他们两头骆驼并行着了。

"善良的妻，不是有什么不舒快么？为什么天女的容颜显得这样的憔悴而眼睛里含着悲怨呢？莫不是两日的征行使得疲乏了么？或者是在憎厌着前路茫茫，还不到东土的古都么？安心些罢，你看，泥土是一步一步的在松软起来，花草树木是在渐渐地美丽起来，下面一大片平原之外，与天相接的一条黄色的是什么呀，哦，我知道了，那就是东土的大江，名字叫作黄河的是也。渡过那条神圣的大江，我们便到了繁华的天国。美丽的王女呀，你将受到东方的不相识的众人的欢迎。"

"啊！我的表兄，我的光荣，我的丈夫，我可曾梦见过到那辽远的辉煌的东土去吗？不啊！我从来没有，我也不曾敢这样想。我并没觉得疲乏，但我是坐不住在这骆驼上了；我并没觉得前途茫茫，我反而觉得好像今天我可以走完了我该当走的路。我看见前面有着我的归宿，我将尽着今天一日的工夫去走到那儿安息。我并没有什么不舒快，我的心地是这样的和静，你看，我并不心跳。在你的后面，我闻到你的宗教的芬芳，我看见你

的大智慧的光。

"你是到东土去宣扬教义的唯一的人，但我是你的灾难，我跟着你到秦国去，我会得阻梗了你的事业，我会得损害了你的令闻。啊，我的大智鸠摩罗什，我是好像已经得到了前知，我们是该当分开了。你看，我的生命已经在自行消隐下去，正如干了油的长明灯里的光焰，在今天夕暮的时候，它是要熄灭了。"

说着，她又叹息了一声，这正像一匹杜鹃的悲啼。罗什凝看着她，又听着她的颤抖的声音，他看见在她的脸色上已浮起了死的幻影，凭着他的睿智，他知道她确是要在夕暮的时候死了。忽然他感觉到一阵急剧的悲怆，他全然不类一个四大皆空的僧人似地迸流着眼泪，十多年来的夫妇的恩爱全都涌上在他的心头，一样一样地回忆着，他想挽救这个厄运，搜索着替她缓免的方法，但结果是不可能。他哽咽着，垂倒了头，甚至一眼也不敢回看她。

那些扈从的官吏，他们是不懂得龟兹话的，当他和她说话的时候，他们虽然听着，但一点也不知道在说些什么。但他们是看得出他现在在流着眼泪，这一定是在这个国师的心里有了很大的悲伤，于是一个凉州的小吏问他："我们的高僧，我们的国师，可感觉到了什么悲伤，流着这样的眼泪？如果我们这些庸俗的凡人能够做得到，请让我们替国师效力来解除了这种悲哀罢。否则，也请你不要藏匿着，不愿意我们替你分一些烦恼。"

他用学会了的凉州方言回答着："好心的官儿们，不必替我分心。为了我的根基浅薄的功德，我今天将遭逢到一个很大的灾难。以后的事都会得因此而不能逆料，我自己也参不透我以后会得怎样，我怕到达你们长安的时候，我已经变成一个平凡的俗人，没有什么好处可以配得上享受你们的尊敬了。这就是我现在为什么哭泣的缘故。"

于是另外一个小官说："智慧的国师，你说今天将遭逢到一个很大的灾难，凭着你的圣洁和崇高，我们相信你是不会错的。但是，如我们这样的凡人，不知在这个灾难还未曾显现之前，能不能先听到它一点？"

"为什么不能够呢，尊敬的太阳的国度里的官儿们。你们看，看着我的妻，龟兹国的尊荣的王女，她将为了她不幸的丈夫的缘故，在今天夕暮的时候，死在这孤寂的旅途上。她将不能再看见一个她的亲族，她将没有福气受到你们的欢迎与赞美，她将永远地长眠在这一大片荒原上。尊敬的官儿们，请你们告诉我，今晚我们将歇宿在哪一个城里？"

"国师啊，真的有这样悲惨的运命要降给你吗？"一个官吏看着她说，"啊，龟兹国王的爱女，我们的国师的慈惠的妻子，佛国里来的香花，难道天吝惜着不教我们东方的人瞻仰她一回吗？在这个可怕的夕暮啊，我们是还走不到任何一个大城，我们要去歇宿在那条从天上来的黄河的岸边，听一夜的溅溅水声，明天早晨渡过那条大江之后，我们才会得远远地看见一个大城的灰色的影子。"

于是那个在骆驼背上闪着忧郁的、空虚的眼色的女人说了："啊，我看见了，那远远的一片黄色的东西不就是那出名的天国的大河吗？伟大的圣灵啊！我赞美你。我将去休息在它的身旁，而它将永远地分隔了我和你，我的亲爱的丈夫，虔诚的尊者，我的头已昏了，我恐怕不能够在骆驼背上支持着走到那个定命的地方。……"

说着，那个美艳的王女忽然昏倒在骆驼背上。

他扶着她，同乘在一头骆驼上，前后围拥着秦国的官吏，全都屏息着静静地走，他们在接连的山谷间行进，他们每个人都望着茫茫的前路。苏醒了的她间歇地发了一声悠长的叹息，这声音，哀怨得好像震颤了山壁起了惊心的回响。她身体烦热着，使他几乎抱持不住。她是害了急剧的热病。同行的人群中有着大夫，他自荐来替她诊视，但结果是紧蹙着眉额。他姑且拿出一两颗药丸来送进她紧闭着的嘴唇中，但并不减轻她的热度。三小时的旅程继续着，虽然道旁有草木，却始终找不到一处泉水。

可怕的热度增高着，她在他怀抱里，不停地啮着嘴唇，红润的美人的唇已经变成黑色了，鼻子下已经发出了许多水泡，说着可怕的呓语。他手臂里抱着这个危殆的妻，闭着眼，任凭那童子牵着骆驼一高一低地走，虔诚地默诵着经文。

"哎！何处有泉水响着？烦你们想法去找一找罢，让她喝一口活水。"

在太阳已把这一行人的影子长长地投在前面的时候，他耳朵中忽然听见泉水的流声，他这样说着。于是有几个小差役分头去跟踪着水声去寻找了。

绕过一个土丘，走进了一丛树林，他们在一条伏流于密菁中的清溪旁边歇下了。他把她平卧在草地上，自己便坐下在她身旁。有人用革囊舀满了溪水来灌给她，渐渐地她又清醒转来。

这时光，已经是垂暮了。傍晚的风吹动着木叶，簌簌地响个不停。乌鸦都在树头上打着围，喈喈地乱噪着，一缕阳光从树叶缝中照下在她的残花的脸上。

"现在时光到了，"她用微细的声音说，"我刚才已看见了秦国的京都，那个大城，你将在那里受到赞颂与供养，而我，这里是我的息壤了。那怒吼着的是什么？哦，那是黄河！它将永远地把我隔绝了你。你的孽缘是完尽了。

过了黄河，你将依旧是一个高行的僧人，一个完全的智者，你已经勘破了一切的魔障。而我，景仰你的人，终于死在你的怀抱里，在最最适宜的时候，这样的平安，这样的没有苦楚，也是很满足了。我的表兄，大智的尊者，我的尊崇的丈夫，你再和我接个吻。……"

他跪着，两手抵着草地，俯下头去和她接最后的吻。她含住他的舌头，她两眼闭拢来了。树枝间忽然一头乌鸦急促地啼了几声，他抬起头来，一阵风吹落叶片大的木叶盖上了她的安息的脸。他觉得身上很冷。

他痴呆地蹲踞在她的尸身边，默想着，从行的人都静静地站着，他们都垂倒着头，闭了眼。这样好久。

他觉醒转来。他虔敬地向她的尸体膜拜了一次，他吩咐护卫的兵士给她埋葬了，不用什么封识。

走出树林向黄河边的小村集投宿去的时候，天色已经完全黑暗了。这天夜里，他睡得很酣熟。

次日，渡过黄河之后，他对从人说他现在已是功德快要完满的僧人，一切的人世间的牵引，一切的魔难，一切的诱惑，全都勘破了。现在是真的做到了一尘不染，五蕴皆空的境地，他自信他将在秦国受着盛大的尊敬和欢迎而没有一些内疚。

三

是的，他一些不觉得内疚，他受着秦王姚兴的款待，官吏、宫女、王妃、中土的僧人和百姓们的膜拜，整整的一个月，都城里轰动着。

为了旅途疲倦的缘故，他在西明阁里休养，每天只出来一个时辰接受大众的顶礼，其余的时候，他不看经典，不因为对于东土的风物的好奇而出来。他合上眼在蒲团上打坐，人家会得以为他是在入室参禅了。他并不在参禅，在一个新的环境里，他觉得无论如何有些不安。殿上的盛大的宴饮，古鼎里高烧的香，东方的人情风俗，这些都只引起了他的旅愁，本来出家人如行云流水，随遇而安，这是他很明显地知道的，当他从沙勒国回到龟兹，从龟兹到凉州的时候，他并不曾有这样的不安定。他好像淹留在这异域很有空虚之感。

他起先是莫名其妙地闭着眼默坐着。

简直不像一个方外人呢，他想。凭着他这样深的戒行，他知道是不应当会有这种感觉的了。但终于抛撒不开地这样烦虑着，那是一定又被什么魔难诱引着了。他于是立刻屏绝了华腴的饮食，撤去了一切的款待，一个国师的富丽的陈设，并且吩咐伺候的人不要让他在他的禅房里听见外面的人声，无论男的和女的。他完全恢复了从前在沙勒国的大沙漠里从师学道的时候所过的虔诚的禁欲的苦修生活。他祈祷着："慈悲的佛祖啊，难道我从前那样的苦修还不够使我生活在这个东土的京城里吗？我曾经大胆地自己相信我的戒行已经能够抵抗了一切的诱引，我吃荤，我听音乐，我睁着眼睛在繁华的大街上游行，我并且娶了妻，但在凉州的十余年间，我并不曾有过一天如像在这里似的不安，我以为我可以接触一切而彼此没有什么牵涉。

但现在不知怎的，我还是一样地镇定着心，但它却会得自然而然地游移起来。这难道是我的戒行还不够么？现在我是惊惶着，怕我会得在这里沉沦了，我小心地仍旧过着一个开始修行的人的生活，愿慈悲的佛祖保佑我，让我好安静下来，替你在这里传扬你的光荣的圣道。否则，我和你全都要失望了。"

虽然这样虔敬地祈祷着，但他也有时理智地觉得对于曾经娶妻这事却未能绝然地无所容心。树林里，溪流旁边，临终的龟兹王女的容颜，常常浮现在他眼前，使他战栗着。同时他又感觉到自己又应当负担一重对佛祖说了谎话的罪过。

他开始懊悔小时候不该受了剃度的。他真的想走下蒲团来，脱去了袈裟，重又穿凡人的衣服，生活在凡人中间。这虽然从此抛撤了成正果的光荣的路，但或者会熄灭了这样燃烧在心中的烦躁的火。但是，啊！现在妻也死了，便是重又还俗，也是如同嚼干矢橛一样的无味了。我还是应当抵抗了这些诱引，道高一尺，魔高一丈，现在是挣扎的时候了，可怕呀。他继续着他的绝对禁欲的、刻苦的生活，道和魔在他迷惑的心里动乱着，争斗着。

受了国王的礼请，对着东土的善男子、善女人、比丘僧、比丘尼，公开讲经的日子到了。

草堂寺里已经打扫得干干净净，大殿上焚起了浓熏的香，听众一直拥挤到大殿的阶石下，还大家争抢着椅子站起来。有些人因为来得迟了，便高高地爬起在院子里的古柏上，肩背上被遗着鸟矢和雀羽。鸠摩罗什还没有升上讲座，好奇的人喧噪着纷纷议论。

"大哥，你也来听听佛法了吗？我看你是只要少宰杀几只猪就够延寿一纪了。"一个商人挤了进来对一个坐在前排的屠户说。

"我吗，我是高兴来看看的。"

"究竟今天来讲经的是怎么样一个人呀？"旁边一个女人疑惑地问。

"你没有看见过吗？"

"没有。"

"是个得道的西番和尚，姚硕德将军从凉州去请来的。"

"啐，得道的！吃荤娶妻子的贼秃呢。"一个士人愤怒地说。旁边一个瘦削的和尚听了，望了他一眼，嘴里开始喃喃地念起经来了。

那个士人的话是很有些魅力，听见的人全部露着惊诧的神色。有伴侣的都在互相探问着："真的吗？"

在前排坐着一个宫女，她是好奇地来听听鸠摩罗什的讲义的。她回答一个同伴："真的，那些送他来的官儿们都说那个西番和尚吃荤的，他是像在家人一样的，有一个美丽的妻子，听说还是一个什么国王的公主呢。可惜在路上死了，没有来。才来的头几天，那个和尚还吃荤喝酒，我都亲眼看见，可是这几天都断绝了，听说是因为生病呢。"

听见了她的话，于是大家又对于这个少见的情形议论着。这时候，从外面挤进一个明艳的女人来，她向坐着的人家周流了一个媚眼，男子们都喝起彩来欢迎她。当她走过一个市井闲浪人身边的时候，他伸起手来把她臀部一推高声地说："你们看，孟家大娘也来了，她是来候补活佛太太的。"

大家都哄笑了。

"啐！你的老娘做了活佛太太，你就来替老娘剥鸡眼儿。"那个女人喷着笑声说。

"真的吗？你有本领勾搭上了活佛，我准来给你剥鸡眼儿。"那个浪人拍着大腿说。

"好约会！我来做中证。"旁边一个好管闲事的人嚷着。大众又哄堂大笑着，望着那个放浪的女人。她有些害羞了，搭讪着到前排去挨在那个宫女身边坐下。

这时候，鸠摩罗什乘着舆来了，钟磬响动，顷刻间这挤满了人的大殿上静得鸦雀无声。大众都回头望着外面，用着好奇的眼色，看这个西域的胡僧缓步地支着锡杖走进来。

连接着许多日的禁欲生活，大智罗什的面庞瘦削了许多，但他的两眼还是炯炯地发着奇异的光彩，好像能看透到人的心之深处去似的。他还是继续着一重烦闷、二重人格的冲突的苦楚深深地感受着，要不是不愿意第一次地失信于大众，他是不会来草堂寺作这一次的讲演的。

他从人丛中的狭路上走进去，凝视着每一个人。每一个人心里吃了一惊，好像一切的隐事被他发现了似的。他走进去经过那个放浪的女人身旁。他也照例地看她一眼，出于不意的是这个大胆的女人并不觉得吃惊，她受得住他的透心的凝视，她也对他笑了一笑，她的全部的媚态，她的最好的容色，在一瞬间都展露给他。他心中忽然吃惊着，全身颤抖了。

他知道这第一日来听讲经的人是好奇的居多，讲得时间久了，有人会得不耐烦，所以他并不预备什么深长的讲辞。但即使在他是以为很简短了，而因好奇而来的听众，在既已看见了他之后，听着他用那不很能懂得的凉州话讲着不可解的佛义，也觉得有些沉闷了，于是在后面的人一个一个地悄悄地溜走了。大殿上只剩了数百个虔诚恭敬的僧人，在垂倒了头如同睡熟了似的倾听着，而此外，使他心中烦乱的是那个放肆的女人，却还平静地坐在那些宫女旁边，她们都好像很懂得他所讲演的奥义似的，并不有一些烦躁。他流动着他的光亮的眼，穿过迷漫的香烟，看着旁边宝座上的国王，看看宫女们，又不禁看到这荡女的脸上。至于她，老是凝视着他，她好像懂得他心中在怎么样，对他微笑着；并且当他眼光注射着她的时候，又微微地点着头，发髻旁边斜插着的一支玉蝉便颤动起来。这时候，一个小飞虫从讲座旁边的黄绫幔上飞下来，嘤嘤地在罗什脸前绕圈儿，最后它停住在罗什嘴唇上，为了要维持他的庄严之故，他不得不稍微伸出了头去驱逐那个小虫。它飞了开去，向讲坛下飞，一径停住在那个荡女的光泽的黑发上。罗什觉得身上又剧烈地震颤了一阵，他急闭了眼，匆匆地将他的讲辞收束了。他心里悲伤着自己的功德是越发低降了，即使想睁开了眼睛对大众讲经也支持不住，这不是比平凡的僧人并不高明一些么。

在回归到逍遥园去的舆中，他闭着眼，合着掌，如同一个普通的僧人，忏悔着又祈祷着。

四

晚上，天气很闷热，罗什在树林间散步。他放弃了一切严肃的教义，专心于探求自己近几日来心绪异样的真源。如果那个已死的妻在这里呢，那是至少会得如像在凉州一样的平静。但他的对于爱并不执着的，他明知爱是一个空虚，然则又何以会这样地留恋着妻呢？如果另外有一个女人，譬如像日间所看见的那个放肆的长安女人，来代替了他的妻的地位，他将怎样呢？他不敢再想下去。说是被那个放肆的女人所诱惑而他在讲经的时候感觉到烦躁的吗？那也未必就这样简单。放肆的，甚至淫荡的女人也不是没有见过，从前却并不曾有一点留恋，只如过眼浮华那样地略一瞬视，而何以此番却这样地萦心经意起来。至于别的理由，倒也搜索不出。难道真的心里已不自主地爱了这个东土的女人吗？他觉得异常蒸热。他在一个石鼓上坐下，脱去了袈裟，觉得胸前轻快了许多。他深深地呼了一口气，晴和的春夜的树林中散发着的新鲜的草叶的气息，从鼻子里沁透进心底，给予他一阵新生的活力。渐渐听到有个人的脚步声在从林外的小径上走近来，他问："谁呀？""我，是国师吗？"走近身来，他认得出这是侍卫中的一个。是个年纪又轻，容貌又俊伟的禁卫军。他仿佛记起日间当他讲经完毕，出了草堂寺的山门登舆的时候，曾看见一个侍卫趁着纷乱之际挤着一个女人，而她曾撒着娇痛骂着，那个侍卫可不是他吗？至于那个被挤的女人，是谁呢？仿佛也是熟识的似地，他沉思着，他忽然害怕起来，那个女人好像是自己的亡妻！

没有的事！噢，想起来了，好像是那些在前排坐着的宫女中的一个呢。但为什么会想着了亡妻，这却不可解。"国师在打坐吗？"那个年轻的禁卫军问。

"不打坐。""那么是在玩玩？""在玩玩，是的。"他好像对于这个年轻的禁卫军有些不快，但他并不曾与他有过什么仇隙，

他又没有什么地方得罪了他。同时又觉得在这个禁卫军身上可以得到一些什么，一些什么！他不很明白。终于他说："唅，官儿，你姓什么，叫什么？""我吗，姓姚，名字叫业裕，我是陇西王的第八个儿子。""所以你敢调戏宫女吗？"罗什笑起来了。

那禁卫军愕然了，他不明白罗什在说什么。罗什笑看着他，觉得心里很舒服似地。"忘记了吗？你日间不是曾经在草堂寺的山门外挤得一个宫女骂了起来吗？你这样地做了亵渎菩萨的事，还假装着吗？阿弥陀佛。"

"挤一个宫女？……不，国师，你看错了，我曾经挤一个妓女，是的，一个妓女。"

"一个妓女？"

"你说的是不是那个发鬓边戴着玉蝉的放浪的女人呢？国师！"

罗什好像从梦中醒来似地忽然憬悟着这个年轻美貌的禁卫军日间所曾推挤的女人，并不是那些宫女中的一个，而的确是那个放肆的女人。但她是个妓女吗？

"是的，她是个妓女吗？"

"只除了你国师没认识她，谁不知道她是这里长安的名妓孟娇娘。"

"哦！"

罗什的两眼闭上了。他有着一个要见一见这个妓女的企望，很热心的企望。但不知为了哪一种动机，他沉思了一会："那是个苦难的女人呢。"

"不，是个欢乐的，幸福的女人。"那年轻的禁卫军说。

"但灵魂是苦难着的。"

"她没有灵魂，况且名为灵魂的那件东西，她是不必要有的。"

"她要老了呢，那时候灵魂将使她感受到苦难。虽然现在是青春，是欢乐，是幸福。"

"不，国师，在她是没有老，只有死。她永远是青春，永远是欢乐的，你没有看见她常是对着人笑吗？"

"官儿，你罪过了。"

罗什合着手掌，又闭了两眼，装着虔敬的忏悔，但心里忽然升上了一阵烦乱。那禁卫军却失笑了，他说："听说国师是有妻房的，可真的吗？"

"真的，曾经娶一个妻，已经死了呢。"

"僧人可以娶妻房吗？"

"什么都可以，只要把得住心，一样可修成正果的。只有戒力不深的人不敢这样做。"

"那么让我带国师去看看孟娇娘，怎样？"

"此刻吗？"

"此刻。"

"这几天恐怕会中了魔难……"罗什沉吟着这样说，但旋即改口了："不过，去看看也可以，我该当去感化她。"

那禁卫军笑起来道："恐怕就是连国师那样的人也要反给她感化了去呢。"

或许真是这样，罗什心中自想着。

"这样的深夜了，不会给巡街的官儿抓住吗？"他问。

"巡街的官儿是我的哥哥。"

从一个阒黑的墙门进去，穿过两重院落，他们由一个侍女领导着走进一排灯光辉煌的上房。披挂着的锦绣与炉中氤氲着的香料，最初使罗什的心摇荡了。

"大娘在家吗？这位国师要见见呢。"那禁卫军问着那个侍女。

"在家，"那个侍女向西上房努了努嘴，"在那边陪着独孤大爷呢。既是国师要见，待我去通报一声就来。"说着，她走了出去。

罗什听见西上房有女人笑语的声音，正是日间在草堂寺门前所听到的骂声。他想从这淫猥的笑语声里幻想出她的容貌来。但很奇怪，在这个著名的妓女的华丽的房间中，除了自己的妻的容颜之外，却再也想不起另外一个美丽的女人的脸来。他吃惊着，他曾竭力忘却了他的妻，他怕她的幻象会得永远地跟随着他，这是为了修道之故很危险的。他想用孟娇娘的幻象来破灭他的妻的幻象，然后再使孟娇娘的幻象破灭掉，这样的自己能解是比较容易些，因为对于一个妓女，他想至少总容易幻灭一些，同时他又想真的超度超度这个出名的可怜的妓女。但他

却不意即使到了这里也还是想起了妻，这是为了什么缘故呢？虽然曾经有过一时舍弃不了，但自从重新又过着刻苦的禁欲生活以来，确不曾再浮上她的幻影，而何以今天又这样地不安了呢？很注意着这个妓女，而何以始终想不起她的容貌来？这个妓女与自己的妻可有什么关系没有？不，决不会有一些……

罗什正在这样闭着眼沉思着，西上房里的孟娇娘的笑声已在移出来向这边来了，笑声悠然地停止了，在房门外，听到她说着："好不荣耀呀，连活佛都到这里来了。"

罗什依然寂定着，那摩着手，做着打坐的姿态。闭着的眼睛在下看着心，心跳动得可以听得到声音。罗什听她走进房间来，听她剪去了每一支烛上的烟煤，听她在走近来。

"哈！哈！哈！哈！国师到这里来打坐吗？我这里只参欢喜禅，请问国师，你在参什么禅？"罗什睁开眼来，装着庄严的仪态，看着她。他完全不认识她，她是谁？他愣住了，难道这就是孟娇娘吗？难道日间的那个放肆的女人就是她吗？不——明明记得不是这样一个女人，但看她发髻上插着的颤巍巍的玉蝉，却又明明是日间看见过的。是的，曾经有一个小飞虫给这支摇动的首饰惊走了。但何以在记忆中却想不起她的容貌呢？他迷惑着。

那年轻的禁卫军看在旁边，看见罗什这样地惶乱，他笑起来，对那个妓女说："大娘，你今晚若留得国师在这里歇宿，我另外有赏。"

"那很容易，我只怕国师要一连地歇宿下去，连草堂寺讲经，也不肯去，那时我倒脱不出干系呢。"她说着，又高声地笑起来。

罗什忽然感到一阵嫌厌，看着这可怜的灵魂完全给这样富丽辉煌的生活欺骗了，他已经完全没有了来时的心境。便是想超度她也懒得做了。他对于她已完全不像刚才未见面的时候那样的含有一种莫名的企望，他看出她是完全一个沉沦了的妖媚的女人，所有的只是肉欲。

他那摩着手掌，阿弥陀佛阿弥陀佛地宣着佛号。他离了座对那个禁卫军看了一眼，表示要走的样子。但那个年轻人却被慢住了，他不再愿意领罗什回去，他犹豫着："国师，回去的路你还认得吗？"

罗什懂得他的话，他让他留着，独自走出了上房，穿出了院子，一路上耳朵里听见她和他的笑声渐渐地在低下去。

五

次晨，罗什并没有做早课，也没有译经，他对着在东方升起来的朱红的太阳祈祷着，他希望光明的菩萨指示他该怎样做。因为他疑惑自己。在昨夜，他是以为被那个妓女诱惑了，心里升起了一种冲动，所以和那个禁卫军同去。但既见了那个妓女之后，他觉得他并不曾被她所挑诱，而他的定力也并不曾被她所破坏。他仍然保守了他的庄严回到逍遥园里。只是到如今仿佛还有什么事没有做了似地牵挂着，他一刻也不能安静下来。因而害怕着自己的功德的毁灭，所以祈祷着。

午刻既过，又到了讲经的时候。侍卫们已经预备了，并且着人通报进来请他预备登舆。他觉得很疲倦。他没有讲经的兴味，但这是不能停止的，有许多虔诚的听众已经在大殿上等候着了。他们是都想由他的讲演上得到一点启示去修成正果的。

升上讲坛，下面黑黝黝的全是人，弘治王陛下也恭敬地坐在一旁，罗什顿然心神收束，俨然又如从前在龟兹国讲经的时候那样地严肃起来。他略略地闭目思索了一番，拈得了讲题，开始起讲。

讲了一半，下面寂然无声，连咳嗽的人都没有。他心中疑怪着何以昨日是那样地人声嘈杂而今日是这样地肃静呢，难道今天来听讲的人都是虔诚地皈依佛教的么？他试睁开眼睛来留心观察一下坛下的听众。

第一眼他看见的是如昨日一样地在前排坐着的几个宫女，而在那个妓女所曾坐过的座位上，他所看见的是什么？这是使他立刻又闭上了两眼的。……

他的妻的幻象又浮了上来，在他眼前行动着，对他笑着，头上的玉蝉在风中颤动，她渐渐地从坛下走近来，走上了讲坛，

坐在他怀里，做着放浪的姿态。

并且还搂抱了他，将他的舌头吮在嘴里，如同临终的时候一样。

大智鸠摩罗什完全不能支持了。他突然停止了讲经，闭着眼在讲坛上发着颤抖，脸色全灰白了。底下听讲的人众全觉得他有了异样，大家哗噪起来，说他一定是急病了。弘治王自己走上讲坛，在他耳边问看："怎么了？国师，怎么了？"

罗什还是闭着眼，指着那个宫女坐着的地方，喘息着说："孽障，我的妻，两个小孩子，这是孽障。"

次日，满城都沸扬着国师鸠摩罗什在讲经的时候忽然中意了一个宫女，当夜国王就把那个宫女赐给他做妻子。有些人还因此而议论着，对于他的功德也怀疑起来。

是的，鸠摩罗什他自己也对于自己怀疑起来，当他和那个貌似亡妻的宫女在禅房中觉醒转来的时候，从前是什么事情都能够凭着自己的智慧推测出来，而近来却完全地蒙昧。昨天的事，也是一些不先知着的，不知怎的，一阵强烈的诱惑竟会得破坏了他，使他那样地昏迷。难道妻的灵魂故意来这样地败乱他吗？不，虽然是妻的幻影，但姿态却是那个妓女的。要是戒行坚定的僧人，昨天不会那样地胡乱的。啊，这可悲的东土！

他忏悔地离去了淫乱的床榻，走出到澄玄堂上，佛龛前的长明灯里虽然满着油，但灯芯却熄灭了。他颤抖着，知道佛祖已经离开了他。这回的罪过是比娶妻的时候重大呢。

他知道因了昨夜的淫乱，都城里的人会得怎样评论着。现在是在他，第一要紧定人民和僧人对于他的信仰，否则，他，一个西番的僧人，不知将受到什么危险，而自己内心的二重人格倒是只得忍耐着慢慢地想法子解决的了。所以，在这第三日讲经的时候，草堂寺里又挤满了好奇的人，他竭尽他的辩才，申说禁欲者并不是最高的僧人，而荤食娶妻的僧人并不是难成正果的。况且，一个僧人要先能经历过一切欲念，一切魔难，能够不容心，然后他的功德是金刚一般的永不磨涅了的，所以在沙漠里的高僧一到了华丽的都城，会得立刻丧失了他的戒行的。但是虽然这样说，没有对于自己的功德有相当的信任的僧人，还是应当去过一种刻苦的禁欲生活，否则他是很容易沉沦了的。

听着这样的辩解，大家对于他的谣言和诽话立刻消灭了，便是弘治王自己也反而增加了对于他的虔敬。就在这天晚响，勅旨下来，给他迁居到永贵里廨舍，并赐妓女十余人，据说是让他广弘法嗣的。

从此以后，日间讲译经典，夜间与宫女妓女睡觉的智者鸠摩罗什自己心里深深地苦闷着。对于这些女人，是的，他并不有所留恋，她们并不会损害了他的功德，但他是为了想起了妻而与这些宫女妓女生出关系来的，这里他觉得对于妻始终未曾忘掉，这却不适宜做一个高僧，但为了要使自己做一个高僧而这样地刻意要把妻从情爱的记忆中驱逐出去，现在他也觉得是不近人情了。是的，他现在是有了人情的观念，他知道自己已经只不过是一个有学问的通晓经典的凡人，而不是一个真有戒行的僧人了。再自己想，如说是留恋着妻，那个美丽的龟兹公主，但现在却又和别的女人有了关系，似乎又不是对于情爱的专一。鸠摩罗什从这三重人格的纷乱中，认出自己非但已经不是一个僧人，竟是一个最最卑下的凡人了。现在是为了衣食之故，假装着是个大德僧人，在弘治王的荫覆之下愚弄那些无知的善男子、善女人和东土的比丘僧、比丘尼。当初在母亲面前的誓言和企图，是完全谈不到了。他悲悼着自己。

一日的早上，罗什忽听得外面街路上人声鼎沸，好像有了什么大事一般，正在疑虑倾听之间，有侍者通报进来说，因为有两个僧人昨夜宿妓，给街坊捉住了要捆送衙门，于是城里的僧人动起公愤来，说国师还要宫女妓女睡觉，僧人偶尔玩玩，算什么回事，坚执不许送官。因此两方面争噪起来，一直惊动了上头，有圣旨下来命将两个僧人发交国师处置，所以现在外面人声嘈杂，要等国师出去发落。

罗什听了报告，知道这是弘治王给他的难题，但自己这样的每夜宿着妓女，虽则明知是很难修成正果了，但于别人却不会有什么影响。而这两个僧人却显然地因为他前几天在草堂寺自辩的话而敢于这样大胆地去狎妓的。要是真的长安所有的僧人都这样起来，那是罪过更深重了。他这样踌躇着，他想现在

71

不得不借助于小时候曾经从术士处学会了的魔法了，那是自从剃度修行以后不曾试用过，现在为了要解决这些纠纷，同时又要维持自己的尊严，免不得又只好暂时地做了左道了。他自己悲悼着，但以为唯有这个方法，想来长安的僧人是一定会被哄骗过了的。

于是他走了出去。在大厅上，他召进了那两个宿妓的僧人和其他的僧人；看热闹的百姓都拥了进来。他对那两个僧人说："宿妓的是你们吗？"

"是的。"

"为什么出家人这样地不守清规呢？"

那两个僧人都讽刺地发着鼻音笑起来了。一个说："国师，其实你是不该处置这事情的。我们是奉承了你国师的教训，你忘记了吗？你在草堂寺说过的那些话，僧人是可以不必禁欲。"

"哦，是的，你没有听见我说哪一等僧人只能过刻苦的禁欲生活。你们宿着妓，不错，可以的，但你们有什么功德，你们该证明给大众看。有功德的僧人是有戒行的，有戒行的僧人是得了解脱的，即使每夜宿妓，他还是五蕴皆空，一尘不染的，你们知道吗？"

"那么国师有什么功德会证明给大众看呢？"一个狡猾的僧人说。

"我吗？我可以就证明给大众的。"

罗什说着叫侍者到佛龛里去取出一个来，他开了盖，递给一个僧人。

"你看，这里是什么？"

"针。"

罗什取回针来，抓起一把针，吞下腹去。再抓了一把，又吞下腹去。看的人全都惊吓了，一时堂前肃静，大家屏着气息。罗什刚吞到最后一把中间的最后一支针的时候，他一瞥眼一见旁边正立着那个孟娇娘，看见了她立刻又浮上了妻的幻象，于是觉得一阵欲念升了上来，那支针便刺着在舌头上再也吞不下去。他身上满着冷汗，趁人不见的当儿，将这一支针吐了出来，夹在手指缝中。他笑着问这两个僧人："你们能不能这样做？"

"饶恕了罢，国师，以后不这样的犯规了。"

在纷乱的赞叹声里，鸠摩罗什心里惭愧着回了进去，但舌头依然痛楚着。

以后，也便永远是这样地，他的舌头刺痛着，常常提起他对于妻的记忆，而他自己也隐然以一个凡人自居，虽然对外俨然地乔装着是一个西域来的大德僧人。所以在他寂灭之后，弘治王替他依照外国方法举行火葬的时候，他的尸体是和凡人一样地枯烂了，只留着那个舌头没有焦朽，替代了舍利子留给他的信仰者。

石　秀

一

　　却说石秀这一晚在杨雄家里歇宿了，兀自的翻来覆去睡不着。隔着青花布帐眼睁睁地看着床面前小桌子上的一盏燃着独股灯芯的矮灯檠，微小的火焰在距离不到五尺的靠房门的板壁上直是乱晃。石秀的心情，也正如这个微小的火焰一般地在摇摇不定了。其实，与其说石秀的心情是和这样的一个新朋友家里的灯檠上的火焰一样地晃动，倒不如说它是被这样的火焰所诱惑着、率领着的，更为恰当。因为上床之后的石秀起先是感觉到了一阵白昼的动武，交际，谈话，所构合成的疲倦，如果那时就闭上眼纳头管自睡觉，他是无疑地立即会得呼呼的睡个大的。叵耐石秀是个从来就没有在陌生人家歇过夜的人，况且自己在小客店里每夜躺的是土炕，硬而且冷，哪有杨雄家这样的软绵绵的铺陈，所以石秀在这转换环境的第一夜，就常得一时不容易入睡了。

　　躺在床上留心看着这个好像很神秘的晃动着的火焰，石秀心里便不禁给勾引起一大片不尽的思潮了。当时的石秀，一点不夸张地说，虽则没有睡熟，也昏昏然的好像自己是已经入了梦境一般。他回想起每天挑了柴担在蓟州城里做买卖的生涯，更回想起七年前随同了叔父路远迢迢地从金陵建康府家乡来此贩卖牛羊牲口的情形，叔父怎样死在客店里，自己又怎样地给牛贩子串通了小泼皮做下了圈套，哄骗得自己折蚀完了本钱，回去不得。自己想想自己的生世，真是困厄险之至。便是今天的事情，当初是只为了路见不平，按捺不下一股义侠之气。遂尔帮祖了杨节级，把张保这厮教训了一顿拳脚，却不想和杨节级结成了异姓兄弟，从此住到他家里来；更不想中间又认识了梁山水泊里天下闻名的人物，算算这一日里的遭际，又简直有些疑真疑幻起来。

猛可地，石秀又想起了神行太保递给他的十二纹银。伸手向横在脚边的钱袋里一摸，兀不是冷冰冰的一锭雪白花银吗？借着隔了一重青花布帐的微弱的灯光，石秀把玩着这个寒光逼眼、宝气射人的银锭，不觉得心中一动，我石秀手头竟有三五年没拿到这样沉重的整块银子了。当那神行太保递给我银锭的时候，一气的夸说着梁山泊里怎样的人才众多，怎样的讲义气，怎样的论秤分金银，换套穿衣服，自己想想正在无路投奔的当儿，正可托他们去说项说项，投奔入伙，要不是杨节级哥哥撞入店中来，这时候恐怕早已和他们一路儿向梁山泊去了，这样想着的石秀，颇有些后悔和杨雄结识这回事了。

想想现在虽则住在杨雄家里，听潘公的口气，很想要我帮他开设一爿肉铺子，这虽然比在蓟州城中挑柴担要强的多，可终究也不是大丈夫出头之所。于是，这个年轻的武士石秀不由得幻想着那些在梁山水泊里等待着他的一切名誉、富有和英雄的事业。"哎！今番是错走了道儿了也。"石秀瞪视着帐顶，轻声地对自己说着这样后悔的话。

可是，正如他的脾气的急躁一样，他的思想真也变换得忒快。好似学习了某种新的学问似的，石秀忽然又悟到了一个主意：啐！那戴宗、杨林这两个东西，简直的说得天花乱坠，想骗我石秀入伙，帮同他们去干打家劫舍的不义的勾当。须知我石秀虽则贫贱，也有着清清白白的祖宗家世，难道一时竟熬不住这一点点的苦楚，自愿上山入伙，给祖宗丢脸不成。他们所说朝廷招安等话，全是胡说，谁个不知道现今各处各城张挂着榜文图像，捉拿那个山东及时雨宋江，难道朝廷还会得招安他们给他们官儿做么？我石秀怎地一时糊涂，险些儿钻进了圈套，将来犯了杀头开腔之苦还没什么打紧，倒是还蒙了一个强盗的

名声可不是什么香的。哎！哎！看来我石秀大概是穷昏了，免不得要见财起意，这可是真丢脸了。罢了，别稀罕这个捞什子了。倒还不如先开起肉铺子来，积蓄几个盘缠，回家乡去谋个出头的日子罢。这样想着的石秀，随手秃的一声，将那个银锭抛在床角边去了。

思绪暂时沉静了下去之后，渐渐地又集中到杨雄身上。这时，在坦白的、纯粹的石秀的心上，追慕着他所得到了杨雄的印象了。那个黄面孔，细长眉毛，两只胳膊上刺满了青龙花纹的杨雄的形貌，是他在没有和杨雄相识之前就早已认熟了的，他这时所追想的是日间的杨雄的谈吐和对待他的仪态，"到底是一个爽直慷慨的英雄啊！"思索了一番之后，用着英雄惜英雄的情意，石秀得到了这样的结案。但是，忽地又灵光一闪，年轻的石秀眼前又浮上一个靓艳的人形来，这是杨雄的妻小潘巧云了。不知怎地，石秀脑筋里分明记得刚才被杨雄叫出堂前来见礼的时候的她的一副袅袅婷婷的姿态，一袭回字镂空细花的杏黄绸衫，轻轻地束着一副绣花如意翠绿抹地丝绦，斜领不掩，香肩微   ，隐隐的窥得见当胸一片乳白的肌肤，映照着对面杨雄穿着的一件又宽又大的玄色直裰，越发娇滴滴地显出红白。先前，当她未曾打起布帘儿出来的时候，石秀就听见了一声永远也忘不了她的娇脆的"大哥，你有甚叔叔？"石秀正在诧异这声音怎地软又怎地婉转，她却已经点动着花簇簇的鞋儿走了出来。直害得石秀慌了手脚，迎上前去，正眼儿不敢瞧一下，行礼不迭。却又吃她伸出五指尖尖的左手来对他眼前一摆，如像一匹献媚的百灵鸟似地说着："奴家年轻，哪敢叉此大礼。"石秀分明记得，那个时候，真是窘乱得不知如何是好，自己是从来没有和这样的美妇人面交话过，要不是杨雄接下话去，救了急，真个不知要显出怎样的村蠢相来呢。想着这样的情形，虽然是在幽暗的帐子里，石秀也自觉得脸上一阵的燥热起来，心头也不知怎的像有小鹿儿在内乱撞了。想想自己年纪又轻，又练就得一副好身手，脸蛋儿又生得不算不俊俏，却是这样披风带雪的流落在这个举目无亲的蓟州城里干那低微的买柴勾当，生活上的苦难已是今日不保明日，哪里还能够容许他有如恋爱之类的妄想；而杨雄呢，虽说他是个慷爽的英雄，可是也未必便有什么了不得的处所，却是在这个蓟州城里，便要算到数一数二的人物，而且尤其要叫人短气的，却是如他这样的一尊黄皮胖大汉，却搂着恁地一个国色天香的赛西施在家里，正是天下最不平的事情。那石秀愈想愈闷，不觉得莽莽苍苍地叹了一口浩气。

这时，石秀眼前忽觉得一暗，不禁吃了一吓，手扶着头，疑心自己想偏了心，故而昏晕了。但自己委实好端端地没有病，意识仍然很清楚，回头向帐外一望，不期扑哧一笑，原来灯盏里的灯芯短了，光焰遂往下一沉。石秀便撩起帐子，探身出来剔着灯芯。忽听得房门外　　　　　　　的起着一阵轻微的声音，好像有人在外面行动。石秀不觉停住了剔灯芯的那只手，扶在床边的小桌子上，侧耳倾听，却再也听不出什么来。石秀心下思忖，想是杨雄他们夫妇还未睡觉，正在外面拿什么东西进房去呢。当下那年少热情的石秀，正如一个擅长着透视术的魔法师，穿过了闩闭着的房门，看出了外面秉着凤胫灯檠的穿着晚妆的潘巧云，正在跋着紫绢的拖鞋翻身闪进里面去，而且连她当跨过门的时候，因为拖鞋卸落在地上，回身将那只没有穿袜子的光致的脚去勾取拖鞋的那个特殊的娇艳的动作，也给他看见了。是的，这样素洁的，轮廓很圆浑的，肥而不胖的向后伸着的美脚，这样的一种身子向着前方，左手秉着灯檠，右手平伸着，以保重她的体重的平衡的教人代为担忧的特殊的姿势，正是最近在挑着柴担打一条小巷里经过的时候，一个美丽的小家女子所曾使石秀吃惊过的。但是，现在，石秀却仿佛这样的姿态和美脚是第一度才看见，而且是属于义兄杨雄的妻子，那个美丽的潘巧云的。对于石秀，这显然是一种不可思议的奇迹。但石秀却并不就对于这样的奇迹之显现有一些阐明的欲求。非特如此，石秀甚至已完全忘记了当他看见那个美艳的妇人的短促的一时间，她究竟是否跣露着脚。这是，因为在他目前的记忆中，不知怎地，却再也想不起她的鞋袜是恁样的形式来。非特如此，使年轻的石秀陷于重压的苦闷之中的，是他的记忆，已经更进一步，连得当时所见的那个美艳的妇人的衣带裙裤的颜色和式样都遗失了。他所追想得到的潘巧云，只是一个使他眼睛觉着

刺痛的活的美体的本身，是这样地充满着热力和欲望的一个可亲的精灵，是明知其含着剧毒而又自甘于被它的色泽和醇郁所魅惑的一盏鸩酒。非特如此，时间与空间的隔绝对于这时候的石秀，又已不起什么作用，所以，在板壁上晃动着的庞大的黑影是杨雄的玄布直裰，而在这黑影前面闪着光亮的，便是从虚幻的记忆中召来的美妇人潘巧云了。也没有把灯芯剔亮，石秀的战抖的手旋即退缩入帐中，帐门便掩下了。石秀靠坐在床上，一瞑目，深自痛悔起来。为什么有了这样的对于杨雄是十分不义的思想呢？自己是绝不曾和一个妇人有过关涉，也绝不曾有过这样的企求；——是的，从来也没有意识地生过这种恋望。然则何以会得在第一天结义的哥哥家里，初见了嫂子一面，就生着这样不经的妄念呢？这又岂不是很可卑的吗？对于自己的谴责，就是要先鞫问这是不是很可卑的呢？

觉醒了之后又自悔自艾着的石秀，这样地一层一层地思索着。终于在这样的自己检讨之下发生了疑问。看见了一个美妇人而生了痴恋，这是不是可卑的呢？当然不算得什么可卑的。但看见了义兄的美妇人而生痴恋，这却是可卑的事了。这是因为这个妇人是已经属于了义兄的，而凡是义兄的东西，做义弟的是不能有据为己有的希望的。这样说来，当初索性没有和杨雄结义，则如果偶然见着了这样的美妇人，倒不妨设法结一重因缘的。于是，石秀又后悔着早该跟戴宗杨林两人上梁山去的。但是，一上梁山恐怕又未必会看见这样美艳的妇人了。从这方面说来，事情倒好像也是安排就了的。这里，是一点也不容许石秀有措手之余裕的。然则，现在既已知道了这是杨雄所有的美妇人之后，不存什么别的奢望，而徒然像回忆一弯彩虹似地生着些放诞的妄想，或者也是可以被允许的吧，或者未必便是什么大不了的可卑的事件吧。

这样地宽慰着自己的石秀，终于把新生的苦闷的纠纷暂时解决了。但是，在这样的解决之中，他觉到牺牲得太大了。允许自己尽量的耽于对潘巧云的妄想，而禁抑着这个热情的奔泻，石秀自己也未尝不觉到，这是一重危险。但为了自己的小心、守礼和谨饬，便不得不用最强的自制力执行了这样的决断。

二

次日，石秀一觉醒来，听听窗外已是鸟声琐碎，日影扶苏，虽然还不免有些疲倦，只因为是在别人家里，客客气气的不好放肆，便赶紧起身，穿着停当，把房门开了。外面早已有一个丫鬟伺候着，见石秀起来，她就走进房来，把桌上的灯檠收过。石秀觉得没有话说，只眼看着那个丫鬟的行动。

那丫鬟起先是嘿嘿地低着头进房来，待到一手掌着灯檠，不觉自顾自的微笑着，石秀看在眼里，心中纳罕。便问："喂，敢是有什么好笑的事看见了么？"

那丫鬟抬起头来对石秀瞅了一眼，当下石秀不觉又吃一惊。心想杨节级哥哥倒有这们福气，有了个艳妻不算，还养着这样一个美婢。你看她微红的俏脸儿，左唇边安着不大不小、不浓不淡的一点美人痣，鬓发蓬松，而不觉得乱，眼睛直瞅着你，好像要从她的柔薄的嘴唇里说出什么蜜恋的或狠毒的话来似的，又何尝有一丝一毫地方像一个丫鬟呢。眩惑着的石秀正在这样沉思着，忽然看见她说："爷好像昨儿晚上害怕了，没有熄得火睡。"

神志不属的石秀随嘴回答道："唔，没有害怕，睡觉得早，忘掉了吹火。"

直到那丫鬟拿了灯檠走出去了好一会儿，石秀还呆呆地站在衣桁边。刚才不是形容过这时的石秀是神志不属似的吗？石秀究竟怎样想着呢，难道看见了这样美艳的丫鬟，石秀又抑制不住自己的热情之挑诱了吗？还是因为这个丫鬟而又被唤起了昨夜的对于潘巧云的不义的思绪呢？……不是，都不是！石秀意识很清楚，既然对于潘巧云的态度是已经过了一番郑重的考虑而决定了，则当然对于潘巧云的丫鬟同样的不便有什么妄念，因为这也对于杨雄是很不义的事。然则，倘若要问，这时候的石秀受了怎样的感想而神志不属着的呢？这个，是可以很简单

79

地阐明了的：原来石秀的感情，在与这个美艳的丫鬟照面的一刹那顷，是与其说是迷眩，不如说是恐怖，更为恰当些。

虽然，明知潘巧云是潘巧云，而丫鬟是丫鬟，显然地她们两个人，在容貌和身份两方面，都有着判别，但石秀却恍惚觉得这个丫鬟就是潘巧云自己了。

潘巧云就是这个丫鬟，这个丫鬟就是潘巧云；而不管她是丫鬟欤，潘巧云欤，又同时地在石秀的异常的视觉中被决断为剧毒和恐怖的元素了。通常说着"最毒妇人心"这等成语的，大都是曾经受到过妇人的灾祸的衰朽的男子，而石秀是从来连得与妇人的交际都不曾有过，决没有把妇人认为恶毒的可能。然则说是因为石秀看出来的潘巧云和丫鬟的容貌，都是很好刁，很凶恶的缘故么？这也不是。石秀所看见的潘巧云和那丫鬟，正如我们所看见的一样，是在蓟州城里不容易找得到的两个年龄相差十一岁的美女子。这样讲起来，说石秀所感到的感情是恐怖的话，是应当怎样解释的呢？这是仍旧应当从石秀所看见的她们俩的美艳中去求解答的。原来石秀好像在一刹那间觉得所有的美艳都就是恐怖雪亮的钢刀，寒光射眼，是美艳的，杀一个人，血花四溅，是美艳的，但同时也就得被称为恐怖；在黑夜中焚烧着宫室或大树林的火焰，是美艳的，但同时也就是恐怖，酒泛着嫣红的颜色，饮了之后，醉眼酡然，使人歌舞弹唱，何尝不是很美艳的，但其结果也得说是一个恐怖。怀着这样的概念，石秀所以先迷眩于潘巧云和那丫鬟，而同时又呆呆地预感着未见的恐怖，而颇觉得有"住在这样的门户里，恐怕不是什么福气罢"的感想。

呆气地立在衣桁边的石秀，刚想移步，忽听得外面杨雄的声音："大嫂，石秀叔叔快要起来，你也得替他安排好一套衣服巾帻，让他好换。停会儿再着人到街上石叔叔住过的客店里，把石叔叔的行李包裹拿了来。千万不要忘了。"

接着院子里一阵脚步响，石秀晓得是杨雄出去到官府里画卯去了。稍停了一会，石秀一个人在房里直觉得闲得慌，心想如果天天这样的住在杨雄家里没事做，杨雄又每天要去承应官府，不闷死，也得要闲死，这却应当想个计较才是，这样思索着，不觉地踱了出来。刚走到院子里，恰巧杨雄的妻子潘巧云，身后跟着那丫鬟，捧着一堆衣服，打上房里出来。那妇人眼快，一看见石秀，便陪着笑脸迎上来："叔叔起来得恁地早，昨夜安歇得晚了，何不多睡一晌？刚才大哥吩咐了替叔叔安排衣服，正要拿来给叔叔更换哩。"

石秀抬头一看，只见她又换了一身衣服。是一袭满地竹枝纹的水红夹衫，束着一副亮蓝丝绦，腰边佩着一双古玉，走路时叮叮地直响，好像闪动着万个琅　。鬓角边斜插着一枝珠凤。衣服好像比昨天的紧小一些，所以胸前浮起着的曲线似乎格外勾画得清楚了。当着这样的巧笑倩兮的艳色，虽说胸中早已有了定见，石秀也不禁脸上微红，一时有些不知怎样回答才是的失措了。

而潘巧云是早已看出了石秀是怎样地窘困着了。不等他想出回答的话，便半回身地对着那丫鬟说："迎儿，你自去把这些衣裳放在石爷房里。"

石秀正待谦让，迎儿早已捧着衣裳走向他房里去了，只剩了石秀和潘巧云两个对立在屋檐下。石秀左思右想，委实想不出什么话来应付潘巧云，只指望潘巧云快些进去，让自己好脱身出去。无奈这美妇人却好像识得他的心理似的，偏不肯放松他。好妇人，看着这样吃嫩的石秀，越发卖弄起风骚来。

石秀眼看她把眉头一轩，秋波一转，樱唇里又迸出玉的声音："叔叔好像怪气闷的，可不是？其实叔叔住在这里，也就和住在自己家里一样，休要客气。倘气闷时，不妨到后园里去，那边小屋里见放着家伙，可以随便练练把式。倘有什么使唤，就叫迎儿，大哥每天价出外时多，在家时少，还要仰仗叔叔帮帮门户，叔叔千万不要把我们当作外人看待，拘束起来，倒叫我们大哥得知了，说我们服侍得不至诚。"

石秀看着这露出了两排贝玉般的牙齿倩笑着，旋又将手中的香罗帕挼着嘴唇的潘巧云，如中了酒似地昏眩着答道："嫂嫂说哪里话来，俺石秀多承节级哥哥好意，收容在这里居住，哪里还会气闷。俺石秀是个粗狂的人，不懂礼教，倘有什么不到之处，还得嫂嫂照拂。倘有用到俺的地方，也请嫂嫂差遣……"

石秀话未说完，早见潘巧云伸出了右手的纤纤食指，指着石秀，快要接触着石秀的面颊，眼儿乜斜着，朗朗地笑着，说道："却又来了，叔叔嘴说不会客气，却偏是恁地客气。以后休要这样，叫奴家担受不起……"

被她这样说着，石秀益发窘急，一时却答不上话。这时，迎儿已走了回来，站在潘巧云身旁。趁着潘巧云询问迎儿怎样将衣服放在石爷房里的间隙，石秀才得有定一定神，把踟蹰的仪态整顿一下的余裕。对于这样殷勤的女主人，石秀的私心是甚为满意了。石秀所得到的印象，潘巧云简直不仅是一个很美艳的女人，而且还是一个很善于交际，很洒落，细密地说起来，又是对于自己很有好感的女人了。对于女人，石秀虽然并不曾有过交际的经验，但自知是决不至于禁受不住女人的谈笑而感觉到窘难的。所以，对于当前的潘巧云，继续地显现了稚气的困恼者，这是为了什么呢？在石秀，自己又何尝不明白，是为了一种秘密的羞惭。这种羞惭，就是对于昨天晚上所曾费了许多抑制力而想定了的决断而发生的。自从与潘巧云很接近地对立在屋檐下，为时虽然不过几分钟，而石秀却好像经过了几小时似的，继续地感觉到自己的卑贱。

但愈是感得自己卑贱，却愈清晰地接受了潘巧云的明艳和爽朗。是的，这在石秀自己，当时也不可思议地诧异着潘巧云的声音容貌何以竟会得这样清晰地深印在官感中。还是他的官感已变成为异常的敏锐了呢？还是潘巧云的声音容貌已经像一个妖妇所有的那样远过于真实了？这是谁也不能解释的。

这种不由自主的喜悦克服了石秀，虽然感到自己之卑贱，虽然又因此感到些羞惭，但在这时候，却并不急于想离开潘巧云了。并且，甚至已经可以说是，下意识地，怀着一种希望和她再多厮近一会儿的欲念了。石秀假意咳了一声，调了个嗓子，向堂屋里看望了一眼。

"叔叔里面去坐罢，停会儿爷爷起来之后，就要和叔叔商量开设屠宰作坊的事情哩。"潘巧云闪了闪身子，微笑地说。

石秀就移步走进堂屋中，潘巧云和迎儿随后便跟着进来。彼此略略地谦逊了一会，各自坐定了。迎儿依旧侍立在潘巧云背后。石秀坐在靠窗的一只方椅上，心中暗自烦躁。很想和潘巧云多交谈几句，无奈自己又一则好像无话可说，再则即使有话，也不敢说。明知和潘巧云说几句平常的话是不算得什么的，但却不知怎的，总好像这是很足以使自己引起快感而同时是有罪言的事。石秀将正在对着院子里的剪秋罗凝视着的眼光懦怯地移向潘巧云看去，却刚与她的一晌就凝看着他的眼光相接。石秀不觉得心中一震，略俯下头去，又微微地咳嗽了一声。

"嫂嫂有事，请便，待我在这里等候丈人。"

"奴家有什么事？还不是整天地闲着。街坊上又不好意思去逛，爷爷又是每天价上酒店去，叔叔没有来的时候，这里真是怪冷静的呢。"

这样说着的潘巧云，轻婉地立了起来。

"哎哟！真是糊涂，叔叔还没有用早点呢。迎儿，你去到巷口替石爷做两张炊饼来，带些蒜酱。"

迎儿答应着便走了出去。屋子里又只剩了潘巧云和石秀两个。石秀本待谦辞，叵耐迎儿走得快，早已唤不住了，况且自己肚子里也真有些饿得慌，便也随她。这时，潘巧云笑吟吟地走近来："叔叔今年几岁了？"

"俺今年二十八岁。"

"奴家今年二十六岁，叔叔长奴家两岁了。不知叔叔来到蓟州城里几年了？"

"唔，差不多要七年了。"

"这样说来，叔叔是二十一岁上出门的。不知叔叔在家乡可娶了媳妇没有？"

受了这样冒昧和大胆的问话的袭击，石秀不禁耳根上觉得一阵热。用了一个英爽多情的少年人的羞涩的眼光停瞩着潘巧云，轻声地说："没有。"

而出乎石秀意料之外的，是在这样答话之后，这个美艳的妇人却并不接话下去。俯视着的石秀抬起头来，分明地看出了浮显在她美艳的脸上的是一痕淫亵的、狎昵的靓笑。从她的眼睛里透露了石秀所从来未曾接触过的一种女性的温存，而在这种温存的背后，却又显然隐伏着一种欲得之而甘心的渴望。同时，

在她的容貌上，又尽情地泄露了最明润、最眹丽、最幻想的颜色。

而在这一瞬间的美质的呈裸之时，为所有的美质之焦点者，是石秀所永远没有忘记了的她的将舌尖频频点着上唇的这种精致的表情。

这是一个神秘的暴露，一弯幻想的彩虹之实现。在第一刹那间，未尝不使石秀神魂震荡，目定口呆；而继续着的，对于这个不曾被热情遮蔽了理智的石秀，却反而是一重沉哀的失望。石秀颤震着，把眼光竭力从她脸上移开，朦胧地注视着院子里飘在秋风中的剪秋罗。

"嫂嫂烦劳你给一盏茶罢，俺口渴呢。"

而这时，趿着厚底的鞋子，阁阁地走下扶梯出来的，是刚才起身的潘公。

三

是屠宰作坊开张后约摸一个多月的一个瑟爽的午后，坐在小屋的檐下，出神地凝视着墙角边的有十数头肥猪蠢动着的猪圈，石秀又开始耽于他的自以为可以得到些快感的幻想了。

因为每天要赶黎明时候起身，帮着潘公宰猪，应接买卖，砍肥剁瘦，直到傍午才得休停，这样的疲劳，使石秀对于潘巧云的记忆，浅淡了好久，虽然有时间或从邻舍家听到些关于她的话。

这一天，因为收市得早了些，况且又听见了些新鲜的关于潘巧云的话，独自个用过了午饭，杨雄又没有回来，潘公是照例地拖了他的厚底靴子到茶坊酒肆中和他相与着的几个闲汉厮混去了。石秀只才悠然地重新整理起忘却了许久的对于潘巧云的憧憬。是刚才来买了半斤五花肉的那个住在巷口的卖馄饨的妻子，告诉他的，说潘巧云嫁给杨雄是二婚了，在先她是嫁给的一个本府的王押司，两年前王押司患病死了，才改嫁给杨雄的，便是迎儿也是从王押司家里带来的。

想着新近听到的这样的话，又想起曾经有过一天，偶然地听得人说潘巧云是勾栏里出身的，石秀不觉对于潘巧云的出身有些怀疑起来了。莫不是真的她家里开过勾栏，然后嫁给了王押司的吗？不知节级哥哥知道不知道这底细？如果知道的，想必不会就把她娶来吧。

　　如果所听到的话都不是撒谎的，然则……这样的推料着的石秀，不禁又想起了那来到杨雄家里的第二天早晨的她的神情了。不仅是这一次，以后，在肉店开张的头几天，她也时常很亲密地来相帮在肉案子里面照料一切，每次都有着一种特别的神情使石秀的神经颤震过，而这些异常清晰的印象一时间又浮在眼前了。这无异于将她的完全的仪态展示在石秀面前。幻想着的石秀，开始微喟着"即使不是勾栏里出身的，看着这种举止，也免不得要给人家说闲话了"的话。

　　然则石秀是在轻蔑她了？……并非！这是因为石秀虽然为人英武正直，究竟还是个热情的少年汉子，所以此时的石秀，其心境却是两歧的，而这两歧的心境，都与轻蔑的感情相去极远。为杨雄的义弟的石秀，以客观的立场来看潘巧云，只感觉到她未免稍微不庄肃一点。而因为对于她的以前的历史有了一些似乎确实的智识，便觉得这种不庄肃的所以然，也不是什么不可恕的了。总之，无论她怎样，现在总是杨雄的妻子了，就这一点，石秀已经有了足够的理由应当看重她了。但是，同时，在另一方面，为一个热情的石秀自己，却是正因为晓得了潘巧云曾经是勾栏里的人物而有所喜悦着。这是在石秀的意识之深渊内，缅想着潘巧云历次的对于自己的好感之表示，不禁有着一种认为很容易做到的自私的奢望。倘若真是勾栏里的人呢，万一她这种亲眼的表情又是故意的，那么，在我这方面，只要以为对于杨雄哥哥没有什么过不去，倒是不能辜负她的好意的，如像她这样的纤弱和美貌，对于如杨雄哥哥这样的一个黄胖大汉，照人情讲起来，也实在是厮配不上的。而俺石秀，不娶浑家便罢，要娶浑家，既已看见过世上有这等美貌的女人，却非娶这等女人不可了。

　　这样思索着的石秀，对于潘巧云的隐秘的情热，又急突地在他心中蠢动起来了。这一次的情热，却在第一次看见了潘巧

云而生的情热更猛烈了。石秀甚至下意识地有了"虽然杨雄是自己的义兄，究竟也不是什么了不得的关系，便爱上了他的浑家又有甚打紧"的思想。

石秀对于以前的以谨饬、正直、简单的态度拒绝潘巧云的卖弄风骚，开始认为是傻气的而后悔着了。潘巧云已有好几天不到作坊里来了，便是迎儿在点茶递饭的当儿，平时总有说有笑的，而近来却也不知怎的，似乎收敛了色笑。莫不是那女人见勾搭不上自己，有些不悦意了么？莫不是她曾经告诫过迎儿休得再来亲近么？石秀的后悔随着推想的进展而变作一种自愧的歉疚了。是的，是好像自己觉得辜负了潘巧云的盛情的抱歉。

由于很清晰地浮动在眼前的美妇人潘巧云的种种爱娇的仪态，和熊熊地炽热于胸中的一个壮年男子的饥饿着的欲望，石秀不自主地离去了宰猪的作坊和猪圈，走向杨雄夫妇们住着的正屋中去了。这时候，石秀的心略微有些飘荡了。从此一走进室内去，倘若又看见了她，那实在是恋慕着的美艳的女人，将装着怎么样的态度呢？石秀也很了解自己，所以会得心中忐忑不宁而生着这样的难于自决的疑问者，质直地说起来，也就是早有了不甘再做傻子的倾向了。但是，事实又是逼迫着他在两条路中间选择一条的，既不甘再做傻子，对于潘巧云的风流的情意有所抱歉，则这一脚踏进室内去，其结果自然是不必多说的了。而石秀是单为了对于这样的结果，终究还有些疑虑，所以临时又不免有"看见了她，将装着怎样的态度呢？"这种不很适当的踌躇。

但是他终于怀着这样飘荡忐忑的心而走进了潘巧云正在那儿坐着叫迎儿捶腿的那间耳房了。一眼看见石秀然走进来，潘巧云的神色倒好像有些出于不意似地稍微吃惊了一下。但这是不过是一瞬间的事，甚至连搁在矮凳上的两条腿也没有移动一下，潘巧云随即装着讽刺的笑脸说："哎哟！今天是甚好风儿把叔叔吹了进来。一晌只道叔叔忙着照料卖买，虽说是同住在一个宅子里，再也休想叔叔进来看望我们的。"

说了这样俏皮话的潘巧云，向石秀瞟了一眼，旋即往下望着那屈膝了蹲在旁边，两个拳头停在她小腿上的迎儿，左腿对着迎儿一耷，说道："怎么啦？为什么停着不捶呀，石爷又不是外人，也没有什么害臊的。"

迎儿一抿嘴，接着又照前的将两个拳头向潘巧云的裹着娇红的裤子的大腿上捶上来了。

石秀不觉得脚下趑趄，进又不是，退又不是；没个安排处。心里不住地怯荡，好像已经做下了什么不端的事情了。对着这样放肆的、淫逸相的美妇人，如果怀着守礼谨饬的心，倒反而好像是很寒酸相了。展现在自己眼前的，是纯粹的一场淫猥的、下流的飨宴，唯有沉醉似地去做一个享用这种逸乐的主人公，才是最最漂亮而得体的行为。石秀虽然没有到过什么勾栏里去，但常常从旁人的述说及自己的幻想中推料到勾栏里姐儿们的行径：纤小的脚搁在朱漆的一凳上，斜拖了曳地的衣衫，诱惑似地显露了裹膝或裤子，或许更露出了细脆的裤带。瘦小的手指，如像拈着一枝蔷薇花似的擎着一个细窑的酒盏，而故意地做着斜睨的姿态的眼睛，又老是若即若离地流盼着你，泄露了临睡前的感情的秘密。这种情形，是常常不期然而然地涌现在石秀的眼前，而旋即被一种英雄的庄严所呵叱了的。

预先就怀了一种不稳重的思想的石秀，看了这故意显现着捶腿的姿态的潘巧云，仿佛间好像自己是走进在一家勾栏里了似的，潘巧云是个娼妇，这思想又在石秀的心中明显地抬头了。从什么地方再可以判别出这是杨雄的家里，而不是勾栏里呢？好了，现在一切都已经安排好了，所等待着的就是石秀的一句话，一个举动。只要一句话或一个举动就尽够解决一切了。

石秀沉吟地凝看着潘巧云的裹着艳红色裤子的上腿部，嘴里含满了一口黏腻的唾沫。这唾沫，石秀是曾几次想咽下去，而终于咽不下；几次想吐出来，而终于吐不出来的。而在这样的当儿，虽然没有正眼儿地瞧见，石秀却神经地感觉到潘巧云的锐利的眼光正在迎候着他。并且，更进一步地，石秀能预感到她这样的眼光将怎样地跟着他的一句话或一个举动而骤然改变了。

"今天有大半天空闲，所以特地来望望嫂嫂，却不道嫂嫂倒动怒了。"

石秀终于嗫嚅地说。

潘巧云把肩膀一耸，冷然一笑，却带着三分喜色："叔叔倒也会挖苦人。谁个和叔叔动怒来？既然承叔叔美意，没有把奴家忘了，倒教奴家过意不去了。"

一阵寒噤直穿透石秀的全身。

接着是一阵烦热，一阵狎亵的感觉。

"嫂嫂，这一身衣服倒怪齐整的……"

准备着用轻薄的口吻说出了这样的调笑的话，但猛一转眼，恰巧在那美妇人的背后，浮雕着回纹的茶几上，冷静地安置着那一条的杨雄的皂色头巾，讽刺地给石秀瞥见了。

"迎儿，你去替石爷点一盏香茶来。"这美丽的淫妇向迎儿丢了个眼色。

但她没有觉得背后的杨雄的敝头巾却已经有着这样的大力把她的自以为满意的胜利劫去了。在石秀心里，爱欲的苦闷和烈焰所织成了的魔网，这全部毁灭了。呆看着这通身发射出淫亵的气息来的美艳的妇人，石秀把牙齿紧啮着下唇，突然地感觉到一阵悲哀了。

"迎儿快不要忙，俺还得先出去走一趟，稍停一会儿再来这里打搅。"

匆匆地说着这样的话，石秀终于对潘巧云轻蔑地看了一眼，稍微行了半个礼，决心一回身，大踏步走了出来了。在窗外，他羞惭地分明听得了潘巧云的神秘的、如银铃一般的朗笑。

次日，早起五更，把卖买托出了潘公一手经管，石秀出发到外县买猪去了。

四

是在买猪回来的第三天，卖买完了，回到自己房中，石秀洗了手，独自个呆坐着。

寻思着前天夜里所看见和听见的种种情形，又深悔着自己那天没有决心把账目交代清楚，动身回家乡去了。那天买猪回来的时候，店门关闭，虽然潘公说是为了家里要唪经，怕得没人照管，但又安知不是这个不纯良的妇人因为对于自己有了反感而故意这样表示的呢？石秀自以为是很能够懂得一个妇人的心理的，当她爱好你的时候，她是什么都可以牺牲给你的，但反之，当她怀恨你的时候，她是什么都吝啬的了。推想起来，潘巧云必然也有着这样的心，只为了那天终于没有替她实现了绮艳的白日梦，不免取恨于他，所以自己在杨雄家里，有了不能安身之势了。

但如果仅仅为了这样的缘故，而不能再久住在杨雄家里，这在石秀，倒也是很情愿的。因为如果再住下去，说不定自己会真的做出什么对不住杨雄的下流事情来，那时候倒连得懊悔也太迟了。

然而，使石秀的心奋激着，而终于按捺不下去者，是自己所深自引恨着以为不该看见的前天夜里的情形。其实，自己想想，如果早知要看见这种惊心怵目的情形，倒是应该趁未看见之前洁身远去的。而现在，是既已清清楚楚目击着了，怀疑着何以无巧不巧地偏要给自己看见这种情形呢？这算是报仇么？还是一种严重的诱引呢？于是，石秀的心奋激着，即使要想走，也不甘心走了。

同时，对于杨雄，却有些悲哀或怜悯了。幻想着那美妇人对于那个报恩寺里的和尚海　黎裴如海的殷勤的情状，更幻想着杨雄的英雄的气概，石秀不觉得慨叹着女人的心理的不可索解了。冒着生命之险，违负了英雄的丈夫，而去对一个粗蠢的秃驴结好，这是什么理由呢？哎！虽然美丽，但杨雄哥哥却要给这个美丽误尽了一世英名了。

这样想着的石秀，在下意识中却依旧保留着一重自己的喜悦。无论如何，杨雄之不为这个美妇人潘巧云所欢迎，是无可否认的了。但自己呢，如果不为了杨雄的关系，而简直就与她有了苟且，那么，像裴如海这种秃驴，恐怕不会得再被潘巧云所赏识罢。这样说来，潘巧云之要有外遇，既已是不可避免之事，则与其使她和裴如海发生关系，恐怕倒还是和自己发生关系为比较的可想罢。

石秀从板凳上站了起来，结束了一下腰带，诧异着竟有这样诙谐的思想钻入他的头脑里，真是不可思议的。石秀失笑了。再一想，如果此刻去到潘巧云那儿，依着自然的步骤，去完成那天的喜剧，则潘巧云对于自己又将取何等态度呢？……但是，一想到今天潘公因为要陪伴女儿到报恩寺去还愿，故而早晨把当日的店务交托给石秀，则此时是不消说得，潘巧云早已在报恩寺里了。虽然无从揣知他们在报恩寺里的情况，但照大局看来，最后的决胜，似乎已经让那个和尚占上风了。

嫉妒戴着正义的面具在石秀的失望了的热情的心中起着作用，这使石秀感到了异常的纷乱，因此有了懊悔不早些脱离此地的愤激的思想了。而同时，潘巧云的美艳的、淫亵的姿态，却在他眼前呈显得愈加清楚。石秀不得不承认自己是眷恋着她的，而现在是等于失恋了一样地悲哀着。但愿她前天夜里对于那个海　黎的行径是一种故意做给自己看见的诱引啊，石秀私心中怀着这样谬误的期望。

对于杨雄的怜悯和歉意，对于自己的思想的虚伪的苛责，下意识的嫉妒、炽热着的爱欲，纷纷地蹂躏着石秀的无主见的心。这样地到了日色西偏的下午，石秀独自个走向前院，见楼门、耳房门，统统都下着锁，寂静没一个人，知道他们都尚在寺里，没有回来，不觉得通身感到了寂寞。这寂寞，是一个漂泊的孤独的青年人所特有的寂寞。

石秀把大门反锁了，信步走上街去。打大街小巷里胡乱逛了一阵，不觉有些乏起来，但兀自不想回去，因为料想起来，潘公他们准还没有回家，自己就伸回家去，连夜饭也不见得能吃着，左右也是在昏暮的小屋里枯坐，岂不无聊。因此石秀虽则脚力有些乏了，却仍是望着闹市口闲步过去。

不一会，走到一处，大门外挂满了金字帐额，大红彩绣，一串儿八盏大宫灯，照耀得甚为明亮。石秀仔细看时，原来是本处出名的一家大勾栏。里面鼓吹弹唱之声，很是热闹。石秀心想，这等地方，俺从来没有闯进去过。

今日闲闷，何不就去睃一睃呢。当下石秀就慢步踱了进去，揭起大红呢幕，只见里面已是挤满了人山人海。正中戏台上，有一个粉头正在说唱着什么话本，满座客人不停地喝着彩。石秀便去前面几排上觅个空位儿坐了。

接连的看了几回戏舞，听了几场话本之后，管弦响处，戏台上慢步轻盈地走出一个姑娘来，未开言先就引惹得四座客人们喝了一声满堂大彩。石秀借着戏台口高挂着的四盏玻璃灯光，定睛看时，这个姑娘好像是在什么地方看见过的，只是偏记不清楚。石秀两眼跟定着她的嘴唇翕动，昏昏沉沉竟也不知道她在唱些甚么。

石秀终于被这个姑娘的美丽、妖娇和声音所迷恋了。在搬到杨雄家去居住以前，石秀是从来也没有发现过女人的爱娇过；而在看见了潘巧云之后，他却随处觉得每一个女人都有着她的动人的地方。不过都不能如潘巧云那样的为众美所荟萃而已。这戏台上的姑娘，在石秀记忆中，既好像是从前在什么地方看见过的，而她的美丽和妖娇，又被石秀认为是很与潘巧云有相似之处。于是，童贞的石秀的爱欲，遂深深地被激动了。

二更天气，石秀已昏昏沉沉地在这个粉头的妆阁里了。刚才所经过的种种事：这粉头怎样托着盘子向自己讨赏，自己又怎样的掏出五七两散碎的纹银丢了出去，她又怎样的微笑着道谢，自己又怎样的招呼勾栏里的龟奴指定今夜要这个娼妇歇宿，弹唱散棚之后，她又怎样的送客留髡，这其间的一切，石秀全都在迷惘中过去了。如今是非但这些事情好像做梦一般，便是现在身在这娼妇房间里这样实实在在的事，也好像如在梦中一般，真的自己也有些不相信了。

石秀坐在靠纱窗下的春凳上，玻璃灯下，细审着那正在床前桌子上焚着一盒寿字香的娼女，忽然忆起她好像便是从前在挑着柴担打一条小巷里走过的时候所吃惊过的美丽的小家女子。……可真的就是她吗？一向就是个娼女呢，还是新近做了这种行业的呢？她的特殊的姿态，使石秀迄未忘记了的美丽的脚踝，又忽然像初次看见似地浮现在石秀眼前。而同时，仿佛之间，石秀又忆起了第一晚住在杨雄家里的那夜的梦幻。潘巧云的脚，小巷里的少女的脚，这个娼女的脚，现在是都现实地陈列给石秀了。当她着了银盒中的香末，用了很轻巧的姿态，

旋转脚跟走过来的时候，呆望着出神的石秀真的几乎要发狂似地迎上前去，抱着她的小腿，俯吻她的圆致美好的脚踝了。

这个没有到二十岁的娼女，像一个老资格的卖淫女似的，做着放肆的仪容，终于挨近了石秀。石秀心中震颤着，耳朵里好似有一匹蜜蜂在鸣响个不住，而他的感觉却并不是一个初次走进勾栏里来的少年男子的胆怯和腼腆，而是骤然间激动着的一种意义极为神秘的报复的快感。

那有着西域胡人的迷魂药末的魅力的，从这个美艳的娼女身上传导过来的热气和香味，使石秀朦胧地有了超于官感以上震荡。而这种震荡是因为对于潘巧云的报复心，太满意过度了，而方才如此的。不错，石秀在这时候，是最希望潘巧云会得突然闯入到这房间里，并且一眼就看见了这个美艳的娼女正被拥抱在他的怀里。这样，她一定会得交并着愤怒、失望和羞耻，而深感到被遗弃的悲哀，掩着面遁逃出去放声大哭的吧？如果真的做到了这个地步，无论她前天对于那个报恩寺里的和尚调情的态度是真的，抑或是一种作用，这一场看在眼里的气愤总可以泄尽了吧？

稍微抬起头来，石秀看那抱在手臂里的娼女，正在从旁边茶几上漆盘子里拣起一颗梨子，又从盘里拿起了预备着的小刀削着梨子皮。虽然是一个有经验的卖淫女，但眉宇之间，却还剩留着一种天真的姿态。看了她安心削梨皮的样子，好像坐在石秀怀里是已经感觉到了十分的安慰和闲适，正如一个温柔的妻子在一个信任的丈夫怀中一样，石秀的对于女性的纯净的爱恋心，不觉初次地大大的感动了。

石秀轻轻地叹了口气。

那娼女回过脸来用着亲热的眼色问："爷怎么不乐哪？"

石秀痴呆了似的对她定着眼看了好半天。突然地一重强烈的欲望升了上来，双手一紧，把她更密接地横抱了转来。但是，在这瞬息之间，使石秀惊吓得放手不迭的，是她忽然哀痛地锐声高叫起来，并且立刻洒脱了石秀，手中的刀和半削的梨都耷的坠下在地板上了。她急忙地跑向床前桌上的灯檠旁去俯着头不知做什么去了。石秀便跟踪上去，看她究竟做些什么，才知道是因为他手臂一紧，不留神害她将手里的小刀割破了一个指头。在那白皙、细腻，而又光洁的皮肤上，这样娇艳而美丽地流出了一缕朱红的血。创口是在左手的食指上，这嫣红的血缕沿着食指徐徐地淌下来，流成了一条半寸余长的红线，然后越过了指甲，如像一粒透明的红宝石，又像疾飞而逝的夏夜之流星，在不很明亮的灯光中闪过，直沉下去，滴到给桌面的影子所荫蔽着的地板上去了。

诧异着这样的女人的血之奇丽，又目击着她皱着眉头的痛苦相，石秀觉得对于女性的爱欲，尤其在胸中高潮着了。这是从来所没有看见过的艳迹啊！

在任何男子身上，怕决不会有这样美丽的血，及其所构成的使人怜爱和满足的表象罢。石秀——这热情过度地沸腾着的青年武士，猛然地将她的正在拂拭着创口的右手指挪开了，让一缕血的红丝继续地从这小小的创口里吐出来。

五

自从石秀在勾栏里厮混了一宵之后，转瞬又不觉一月有余。石秀渐渐觉得潘巧云的态度愈加冷酷了，每遭见面，总没有好脸色。就是迎儿这丫鬟每次送茶送饭也分明显出了不耐烦的神情。潘公向来是怕女儿的，现今看见女儿如此冷淡石秀，也就不敢同石秀亲热。况且这老儿一到下午，整天价要出去上茶寮，坐酒店，因此只除了上午同在店里照应卖买的一两个时辰之外，石秀简直连影儿都找不到他。当着这种情景，石秀如何禁受得下！因此便不时地纳闷着了。

难道我在勾栏里荒唐的事情给发觉了，所以便瞧我不起吗？还是因为我和勾栏里的姑娘有了来往，所以这淫妇吃醋了呢？石秀怀着这样的疑虑，很想从潘巧云的言语和行动中得知一个究竟，叵耐潘巧云竟接连的有好几天没开口，甚至老是躲在房里，不下楼来。石秀却没做手脚处。实在，石秀对于潘巧云是一个没有忘情的胆怯的密恋者，所以这时候的石秀，是一半抱着羞怍，

而一半却怀着喜悦。在梦里，石秀会得对潘巧云说着"要不是有着杨雄哥哥，我是早已娶了你了"这样的话。但是，一到白天，下午收了市，一重不敢确信的殷忧，或者毋宁说是耻辱，总不期然而然的会得兜上心来。那就是在石秀的幻象中，想起了潘巧云，总同时又仿佛看见了那报恩寺里的和尚裴如海的一派淫狎轻亵的姿态。难道女人所欢喜的是这种男人么？如果真是这样的，则自己和杨雄之终于不能受这个妇人的青眼，也是活该的事。自己虽则没有什么关系，但杨雄哥哥却生生地吃亏在她手里了。哎！一个武士，一个英雄，在一个妇人的眼里，却比不上一个和尚，这不是可羞的事么？但愿我这种逆料是不准确的呀！

耽于这样的幻想与忧虑的石秀，每夜总翻来覆去地睡不熟。一天，五更时分，石秀又斗的从梦里跳醒转里，看看窗棂外残月犹明，很有些凄清之感。

猛听得巷外的报晓头陀敲着木鱼直走进巷里来，嘴里高喊着："普度众生，救苦救难，诸佛菩萨。"

石秀心下思忖道："这条巷是条死巷，如何有这头陀连日来这里敲木鱼叫佛？事有可疑——"这样的疑心一动，便愈想愈蹊跷了。石秀就从床上跳将起来，也顾不得寒冷，去门缝里张望时，只见一个人戴顶头巾从黑影里闪将出来，和头陀去了，随后便是迎儿来关门。

看着了这样的行动，石秀竟呆住了。竟有这等事情做出来，看在我石秀的眼里吗？一时间，对于那个淫荡的潘巧云的轻蔑，对于这个奸夫裴如海的痛恨，对于杨雄的悲哀，还有对于自己的好像失恋而又受侮辱似的羞怍与懊丧，纷纷地在石秀的心中扰乱了。当初是为了顾全杨雄哥哥一世的英名，没有敢毁坏了那妇人，但她终于自己毁了杨雄哥哥的名誉，这个妇人是不可恕的。那个和尚，明知她是杨雄的妻子，竟敢来做这等苟且之事，也是不可恕的。石秀不觉叹口气，自说道："哥哥如此豪杰，却恨讨了这个淫妇，倒被这婆娘瞒过了，如今竟做出了这等勾当来，如何是好？"

巴到天明，把猪挑出门去，卖个早市。饭罢，讨了一遭赊账，日中前后，径到州衙前来寻杨雄，心中直是委决不下见了杨雄该当如何说法。却好行至州桥边，正迎见杨雄，杨雄便问道："兄弟哪里去来？"

石秀道："因讨赊账，就来寻哥哥。"

杨雄道："我常为官事忙，并不曾和兄弟快活吃三杯，且来这里坐一坐。"

杨雄把石秀引到州桥下一个酒楼上，拣一处僻静阁儿里，两个坐下，叫酒保取瓶好酒来，安排盘馔，海鲜，案酒。二人饮过三杯。杨雄见石秀不言不语，只低了头好像寻思什么要紧事情。杨雄是个性急的人，便问道："兄弟心中有些不乐，莫不是家里有甚言语伤触你处？"

石秀看杨雄这样地至诚，这样地直爽，不觉得心中一阵悲哀："家中也无有说话，兄弟感承哥哥把做亲骨肉一般看待，有句话敢说么？"

杨雄道："兄弟今日何故见外？有的话，尽说不妨。"

石秀对杨雄凝看了半晌，迟疑了一会儿，说道："哥哥每日出来承当官府，却不知背后之事。……这个嫂嫂不是良人，兄弟已看在眼里多遍了，且未敢说。今日见得仔细，忍不住来寻哥哥，直言休怪。"

听着这样的话，眼见得杨雄黄的脸上泛上了一阵红色。呆想了一刻，才忸怩地说："我自无背后眼，你且说是谁？"

石秀喝干了一杯酒，说："前者家里做道场，请那个贼秃海黎来，嫂嫂便和他眉来眼去，兄弟都看见。第三日又去寺里还什么血盆忏愿心。我近日只听得一个头陀直来巷内敲木鱼叫佛，那厮敲得作怪。今日五更，被我起来张看时，看见果然是这贼秃，戴顶头巾，从家里出去。所以不得不将来告诉哥哥。"

把这事情诉说了出来，石秀觉得心中松动得多，好像所有的烦闷都发泄尽了。而杨雄黄里泛红的脸色，却气得铁青了。他大嚷道："这贱人怎敢如此！"

石秀道："哥哥且请息怒，今晚都不要提，只和每日一般；明日只推做上宿，三更后却再来敲门，那厮必定从后门先走，兄弟一把拿来，着哥哥发落。"

杨雄思忖了一会，道："兄弟见得是。"

石秀又吩咐道："哥哥今晚且不要胡发说话。"

杨雄点了点头，道："我明日约你便是。"

两个再饮了几杯，算还了酒钱，一同下楼来，出得酒肆，撞见四五个虞侯来把杨雄找了去，当下石秀便自归家里来收拾了店面，去作坊里歇息。

晚上，睡在床上，沉思着日间的事，心中不胜满意。算来秃驴的性命是已经在自家手里的了。谁教你吃了豹子心、猘狼肝，色胆包天，敢来奸宿杨雄的妻子？如今好教你见个利害呢。这样踌躇满志着的石秀忽然转念，假使自己那天一糊涂竟同潘巧云这美丽的淫妇勾搭上了手脚，到如今又是怎样一个局面呢。杨雄哥哥不晓得便怎样，要是晓得了又当怎样？……这是不必多想的，如果自己真的干下了这样的错事，便一错错到底，一定会得索性把杨雄哥哥暗杀了，省得两不方便的。这样设想着，石秀不禁打了个寒噤！

明夜万一捉到了那个贼秃，杨雄哥哥将他一刀杀死了，以后又怎样呢？对于那个潘巧云，又应当怎样去措置的呢？虽然说这是该当让杨雄哥哥自己去定夺，但是看来哥哥一定没有那么样的心肠把这样美丽的妻子杀却的。是的，只要把那个和尚杀死了，她总也不敢再放肆了。况且，也许她这一回的放荡，是因为自己之不能接受她的宠爱，所以去而和这样的蠢和尚通奸的。

石秀近来也很明白妇人的心理，当一个妇人好奇地有了想找寻外遇的欲望之后，如果第一个目的物从手里漏过，她一定要继续着去寻求第二个目的物来抵补的。这样说来，潘巧云之所以忽然不贞于杨雄，也许间接的是被自己所害的呢。石秀倒有些歉疚似地后悔着日间在酒楼上对杨雄把潘巧云的坏话说得太过火了。其实，一则我也够不上劝哥哥杀死她，因为自己毕竟也是有些爱恋着她的。再则就是替哥哥设想，这样美丽的妻子，杀死了也可惜，只要先杀掉了这贼秃，让她心下明白，以后不敢再做这种丑事就够了。

怀着宽恕潘巧云的心的石秀次日晨起，宰了猪，满想先到店面中去赶了早市，再找杨雄哥哥说话。却不道到了店中，只见肉案并柜子都拆翻了，屠刀收得一柄也不见。石秀始而一怔，继而恍然大悟，不觉冷笑道："是了。这一定是哥哥醉后失言，透漏了消息，倒吃这淫妇使个见识，定是她反说我对她有什么无礼。她教丈夫收了肉店，我若便和她分辩，倒教哥哥出丑，我且退一步了，却别作计较。"石秀便去作坊里收拾了衣服包裹，也不告辞，一径走出了杨雄家。

石秀在近巷的客店内赁一间房住下了，心中直是忿闷。这妇人好生无礼，竟敢使用毒计，离间我和哥哥的感情。这样看来，说不定她会得唆使那贼秃，害了哥哥性命，须不是耍。现在哥哥既然听信了她的话，冷淡于我，我却再也说不明白，除非结果了那贼秃给他看。于是杀海 黎裴如海的意志在石秀的心里活跃着了。

第三日傍晚，石秀到杨雄家门口巡看，只见小牢子取了杨雄的铺盖出去。石秀想今夜哥哥必然当牢上宿，决不在家，那贼秃必然要来幽会。当下便不声不响地回了客店，就房中把一口防身解腕尖刀拂拭了一回，早早地睡了。

挨到四更天气，石秀悄悄地起身，开了店门，径踅到杨雄后门头巷内，伏在黑暗中张时，却好交五更时候，西天上还露着一钩残月，只见那个头陀挟着木鱼，来巷口探头探脑。石秀一闪，闪在头陀背后，一只手扯住头陀，一只手把刀去脖子上搁着。低声喝道："你不要挣扎，若高则声，便杀了你，你只好好实说，海和尚叫你来怎样？"

那头陀不防地被人抓住了，脖子上冷森森地晓得是利器，直唬得格格地说道："好汉，你饶我便说。"

石秀道："快说！我不杀你。"

头陀便说道："海 黎和潘公女儿有染，每夜来往，教我只看后门头有香桌儿为号，便去寺里报信，唤他入钹；到五更头却教我来敲木鱼叫佛报晓，唤他出钹。"

石秀听了，鼻子里哼了一声，又问："他如今在哪里？"

头陀道："他还在潘公女儿床上睡觉。我如今敲得木鱼响，他便出来。"

石秀喝道:"你且借衣服木鱼与我。"

只一手把头陀推翻在地上,剥了衣服,夺了木鱼,头陀正待爬起溜走,石秀赶上前一步,将刀就颈上一勒,只听得疙瘩一声,那头陀已经倒在地上,不做声息,石秀稍微呆了一阵,想不到初次杀人,倒这样的容易,这样的爽快。再将手中的刀就月亮中一照,却见刀锋上一点点的斑点,一股腥味,直攒进鼻子里来,石秀的精神好像受了什么刺激似地,不觉地往上一壮。

石秀穿上直裰、护膝,一边插了尖刀,把木鱼直敲进巷里来。工夫不大,只看见杨雄家后门半启,海 黎戴着头巾闪了出来。石秀兀自把木鱼敲响,那和尚喝道:"只顾敲什么!"

石秀也不应他,让他走到巷口,一个箭步蹿将上去,抛了木鱼,一手将那和尚放翻了。按住喝道:"不要高则声!高声便杀了你。只等我剥了衣服便罢。"

海 黎听声音知道是石秀,眼睛一闭,便也不敢则声。石秀就迅速地把他的衣服头巾都剥了,赤条条不着一丝。残月的光,掠过了一堵短墙,斜射在这裸露着的和尚的肉体上,分明地显出了强壮的肌肉,石秀忽然感觉到一阵欲念。这是不久之前,和那美丽的潘巧云在一处的肉体啊,仿佛这是自己的肉体一般,石秀却不忍将屈膝边插着的刀来杀下去了。但旋即想着那潘巧云的狠毒,离间自己和杨雄的感情,教杨雄逼出了自己;又想着她那种对自己冷淡的态度,咄!岂不都是因为有了你这个秃驴之故吗?同时,又恍惚这样海 黎实在是自己的情敌一般,没有他,自己是或许终于会得和潘巧云成就了这场恋爱的,而潘巧云或许会继续对自己表示好感,但自从这秃驴引诱上了潘巧云之后,这一切全都给毁了。只此一点,已经是不可饶恕的了。嗯,反正已经杀了一个人了。……石秀牙齿一咬,打屈膝边摸出刚才杀过那头陀的尖刀来,觑准了海 黎的脖子,只一刀直搠进去。这和尚哼了一声,早就横倒下去了。石秀再搠了三四刀,看看不再动弹,便站了起来,吐了一口热气。

在石秀的意料中,恍惚杀人是很不费力的事,不知怎的,这样地接连杀了两个人,却这样地省事。石秀昏昏沉沉地闻着从寒风中吹入鼻子的血腥气，看着手中紧握着的青光射眼的尖刀，有了"天下一切事情，杀人是最最愉快的"这样的感觉。这时候，如果有人打这条巷里走过，无疑地，石秀一定会得很餍足地将他杀却了的。而且，在这一刹那间，石秀好像觉得对于潘巧云，也是以杀了她为唯一的好办法。因为即使到了现在，石秀终于默认着自己是爱恋着这个美艳的女人潘巧云的。不过以前是抱着"因为爱她，所以想睡她"的思想，而现在的石秀却猛烈地升起了"因为爱她，所以要杀她"这种奇妙的思想了。这就是因为石秀觉得最愉快的是杀人，所以睡一个女人，在石秀是以为决不及杀一个女人那样的愉快了。这是在石秀那天睡了勾栏里的娼女之后，觉得没有甚么意味，而现在杀了一个头陀，一个和尚，觉得异常爽利这件事实上，就可以看得出来的。石秀回头一望杨雄家的后门，静沉沉地已关闭，好像这个死了的和尚并不是从这门户里走出来的。石秀好像失望似地，将尖刀上的血迹在和尚的尸身上刮了刮干净。这时，远处树林里已经有一阵雀噪的声音，石秀打了个寒噤，这才醒悟过来，匆匆地将手里的刀丢在头陀身边，将剥下来的两套衣服，捆做个包裹，径回客店里来。幸喜得客人都未起身，轻轻地开了门进去，悄悄地关上了自去房里睡觉。

一连五七日，石秀没有出去，一半是因为干下了这样的命案，虽说做得手脚干净，别人寻不出什么破绽，但也总宁可避避风头。一半是每天价沉思着这事情的后文究竟应当怎样办，徒然替杨雄着想，石秀以为这时候最好是自己索性走开了这蓟州城，让杨雄他们依旧可以照常过日子，以前的事情，好比过眼云烟，略无迹象。

但是，如果要替自己着想呢，既然做了这等命案，总要彻底地有个结局，不然岂不白白地便宜了杨雄？况且自己总得要对杨雄当面说个明白，免得杨雄再心中有什么芥蒂。此外，那要想杀潘巧云的心，在这蛰伏在客店里的数日中，因为不时地又想起了那天晚上在勾栏里看见娼女手指上流着鲜艳的血这回事，却越发饥渴着要想试一试了。如果把这柄尖刀，刺进了裸

露着的潘巧云的肉体里去，那细洁而白净的肌肤上，流出着鲜红的血，她的妖娇的头部痛苦地侧转着，黑润的头发悬挂下来一直披散在乳尖上，整齐的牙齿紧啮着朱红的舌尖或是下唇，四肢起着轻微而均匀的波颤，但想象着这样的情景，又岂不是很出奇的美丽的吗？况且，如果实行起这事来，同时还可以再杀一个迎儿，那一定也是照样地惊人的奇迹。

终于这样的好奇和自私的心克服了石秀，这一天，石秀整了整衣衫走出到街上，好像长久没有看见天日一般的眼目晕眩着。独自个呆呆地走到州桥边，眼前一亮，瞥见杨雄正打从桥上走下来，石秀便高叫道："哥哥，哪里去？"

杨雄回过头来，见是石秀不觉一惊。便道："兄弟，我正没寻你处。"

石秀道："哥哥且来我下处，和你说话。"

于是石秀引了杨雄走回客店来。一路上，石秀打量着对杨雄说怎的话，听杨雄说正在找寻我，难道自己悔悟了，要再把我找回去帮他泰山开肉铺子么？呸！除非是没志气的人才这么做。倘若他正要找我帮同去杀他的妻子呢？

不行，我可不能动手，这非得本夫自己下手不可。但我可是应该劝他杀了那个女人呢，还是劝他罢休了？不啊！……决不！这个女人是非杀不可的了，哥哥若使这回不杀她，总有一天她会把哥哥谋杀了的……

到了客店里的小房内，石秀便说道："哥哥，兄弟不说谎么？"

杨雄脸一红，道："兄弟你休怪我，是我一时愚蠢，不是了，酒后失言，反被那婆娘瞒过了，怪兄弟相闹不得。我今特来寻贤弟，负荆请罪。"

石秀心中暗想："原来你是来请罪的，这倒说得轻容易。难道你简直这样的不中用么？"

待我来激他一激，看他怎生，当下便又道："哥哥，兄弟虽是个不才小人，却是个顶天立地的好汉，如何肯做这等之事？怕哥哥日后中了奸计，因此来寻哥哥，有表记教哥哥看。"

说着，石秀从炕下将过了和尚头陀的衣裳，放在杨雄面前，一面留心看杨雄脸色。果然杨雄眼睛一睁，怒火上冲，大声地说道："兄弟休怪。我今夜碎割了这贱人，出这口恶气。"

石秀自肚里好笑，天下有这等鲁莽的人，益发待我来摆布了罢。便自己沉吟了一回，打定主意，才说道："哥哥只依着兄弟的言语，教你做个好男子。"

杨雄很相信地说："兄弟，你怎地教我做个好男子？"

石秀道："此地东门外有一座翠屏山好生僻静。哥哥到明日，只说道：'我多时不烧香，我今来和大嫂同去，'把那妇人赚将出来，就带了迎儿同到山上。小弟先在那里等候着，当头对面，把是非都对明白了，哥哥那时写与一纸休书，弃了这妇人，却不是上着？"

杨雄听了这话，沉思了好半歇，只是不答上来。石秀便把那和尚头陀的衣裳包裹好了，重又丢进炕下去。只听杨雄说道："兄弟，这个何必说得，你身上清洁，我已知了，都是那妇人说谎。"

石秀道："不然，我也要哥哥知道和海黎往来真实的事。"

杨雄道："既然兄弟如此高见，必然不差，我明日准定和那贱人同上翠屏山来，只是你却休要误了。"

石秀冷笑道："小弟若是明日不来，所言俱是虚谬。"

当下杨雄便分别而去。石秀满心高兴，眼前直是浮荡着潘巧云和迎儿的赤露着的躯体，在荒凉的翠屏山上，横倒在丛草中。黑的头发，白的肌肉，鲜红的血，这样强烈的色彩的对照，看见了之后，精神上和肉体上，将感受到怎样的轻快啊！石秀完全像饥渴极了似地眼睁睁挨到了次日，早上起身，杨雄又来相约，到了午牌时分，便匆匆地吃了午饭，结算了客店钱，背了包裹、腰刀、杆棒，一个人走出东门，来到翠屏山顶上，找一个古墓边等候着。

工夫不多，便看见杨雄引着潘巧云和迎儿走上山坡来。石秀便把包裹、腰刀、杆棒，都放下在树根前，只一闪，闪在这三人面前，向着潘巧云道："嫂嫂拜揖。"

那妇人不觉一怔，连忙答道："叔叔怎地也在这里？"

石秀道："在此专等多时了。"

杨雄这时便把脸色一沉道："你前日对我说'叔叔多遍把言语调戏你，又将手摸你胸前，问你有孕也未。'今日这里无人，你两个对的明白。"

潘巧云笑着道："哎呀，过了的事，只顾说什么？"

石秀不觉大怒，睁着眼道："嫂嫂，你怎么说？这须不是闲话，正要在哥哥面前对的明白。"

那妇人见神气不妙，向石秀丢了个媚眼道："叔叔，你没事自把髯儿提做什么？"

石秀看见潘巧云对自己丢着眼色，明知她是在哀求自己宽容些了。但是一则有杨雄在旁边，事实上也无可转圆，二则愈是她装着媚眼，愈勾引起石秀的奇诞的欲望。石秀便道："嫂嫂，你休要硬诤，教你看个证见。"

说了，便去包裹里，取出海黎和那头陀的衣服来，撒放在地下道："嫂嫂，你认得么？"

潘巧云看了这两堆衣服，绯红了脸无言可对。石秀看着她这样的恐怖的美艳相，不觉得杀心大动，趁着这样红嫩的面皮，把尖刀直刺进去，不是很舒服的吗？当下便嗖地掣出了腰刀，一回头对杨雄说道："此事只问迎儿便知端的。"

杨雄便去揪过那丫鬟跪在面前，喝道："你这小贱人，快好好实说：怎地在和尚房里入奸，怎生约会把香桌儿为号，如何教头陀来敲木鱼，实对我说，饶你这条性命；但瞒了一句，先把你剁做肉泥。"

迎儿是早已唬做了一团，只听杨雄如此说，便一五一十地把潘巧云怎生奸通海和尚的情节统统告诉了出来。只是对于潘巧云说石秀曾经调戏她一层，却说没有亲眼看见，不敢说有没有这回事。

听了迎儿的口供，石秀思忖着：好利嘴的丫鬟，临死还要诬陷我一下吗？

今天却非要把这事情弄个明白不可。便对杨雄道："哥哥得知么？这般言语须不是兄弟教她如此说的。请哥哥再问嫂嫂详细缘由。"

杨雄揪过那妇人来喝道："贼贱人，迎儿已都招了，你一些儿也休抵赖，再把实情对我说了，饶你这贱人一命。"

这时，美艳的潘巧云已经唬得手足失措，听着杨雄的话，只显露了一种悲苦相，含着求恕的眼泪道："我的不是了。大哥，你看我旧日夫妻之面，饶恕我这一遍。"

听了这样的求情话，杨雄的手不觉往下一沉，面色立刻更变了。好像征求石秀的意见似的，杨雄一回头，对石秀一望。石秀都看在眼里，想杨雄哥哥定必是心中软下来了。可是杨雄哥哥这回肯干休，俺石秀却不肯干休呢。于是，石秀便又道："哥哥，这个须含糊不得，须要问嫂嫂一个明白缘由。"

杨雄便喝道："贱人，你快说！"

潘巧云只得把偷和尚的事，从做道场夜里说起，直至往来，一一都说了。

石秀道："你却怎地对哥哥说我来调戏你？"

潘巧云被他逼问着，只得说道："前日他醉了骂我，我见他骂得蹊跷，我只猜是叔叔看见破绽，说与他。到五更里，又提起来问叔叔如何，我却把这段话来支吾，其实叔叔并不曾怎地。"

石秀只才暗道，好了，嫂嫂，你这样说明白了，俺石秀才不再恨你了。

现在，你瞧罢，俺倒要真的来当着哥哥的面来调戏你了。石秀一回头，看见杨雄正对自己呆望着，不觉暗笑。

"今日三面都说明白了，任从哥哥如何处置罢。"石秀故意这样说。

杨雄沉默了一会儿，终于咬了咬牙齿，说道："兄弟，你与我拔了个贱人的头面，剥了衣裳，我亲自服侍她。"

石秀正盼候着这样的吩咐，便上前一步，先把潘巧云发髻上的簪儿钗儿卸了下来，再把里里外外的衣裳全给剥了下来。但并不是用着什么狂暴的手势，在石秀这是取着与那一夜在勾栏里临睡的时候给那个娼女解衣裳时一样的手势，石秀屡次故意地碰着了潘巧云的肌肤，看她的悲苦而泄露着怨毒的神情的眼色，又觉得异常地舒畅了。把潘巧云的衣服头面剥好，便交

给杨雄去绑起来。一回头，看见了迎儿不错，这个女人也有点意思，便跨前一步把迎儿的首饰衣服也都扯去了。看着那纤小的女体，石秀不禁又像杀却了头陀和尚之后那样的烦躁和疯狂起来，便一手将刀递给杨雄道："哥哥，这个小贱人留她做什么，一发斩草除根。"

杨雄听说，应道："果然，兄弟把刀来，我自动手。"

迎儿正待要喊，杨雄用着他的本行熟谙着的刽子手的手法，很灵快地只一刀，便把迎儿砍死了。正如石秀所预料着的一样，皓白的肌肤上，淌满了鲜红的血，手足兀自动弹着。石秀稍稍震慑了一下，随后就觉得反而异常的安逸、和平。所有的纷乱、烦恼、暴躁，似乎都随着迎儿脖子里的血流完了。

那在树上被绑着的潘巧云发着悲哀的娇声叫道："叔叔劝一劝。"

石秀定睛对她望着。唔，真不愧是个美人。但不知道从你肌肤的裂缝里，冒射出鲜血来，究竟奇丽到如何程度呢。你说我调戏你，其实还不止是调戏你，我简直是超于海 黎和尚以上的爱恋着你呢。对于这样热爱着你的人，你难道还吝啬着性命，不显呈你的最最艳丽的色相给我看么？

石秀对潘巧云多情地看着。杨雄一步向前，把尖刀只一旋，先拉出了一个舌头。鲜血从两片薄薄的嘴唇间直洒出来，接着杨雄一边骂，一边将那妇人又一刀从心窝里直割下去到小肚子。伸手进去取出了心肝五脏。石秀一一地看着，每剜一刀，只觉得一阵爽快。只是看到杨雄破着潘巧云的肚子倒反而觉得有些厌恶起来，蠢人，到底是刽子手出身，会做出这种事来。随后看杨雄把潘巧云的四肢，和两个乳房都割了下来，看着这些泛着最后的桃红色的肢体，石秀重又觉得一阵满足的愉快了。真是个奇观啊，分析下来，每一个肢体都是极美丽的。如果这些肢体合并拢来，能够再成为一个活着的女人，我是会得不顾着杨雄而抱持着她的呢。

看过了这样的悲剧，或者，在石秀是可以说是喜剧的，石秀好像做了什么过分疲劳的事，四肢都非凡地酸痛了。一回头，看见杨雄正在将手中的刀丢在草丛中，对着这份残了的妻子的肢体呆立着。石秀好像曾经欺骗杨雄做了什么上当的事情似的，心里转觉得很歉疚了。好久好久，在这荒凉的山顶上，石秀茫然地和杨雄对立着。而同时，看见了那边古树上已经有许多饥饿了的乌鸦在啄食潘巧云的心脏，心中又不禁想道："这一定是很美味的呢。"

梅雨之夕

梅雨又淙淙地降下了。

对于雨，我倒并不觉得嫌厌，所嫌厌的是在雨中疾驰的摩托车的轮，它会溅起泥水猛力地洒上我的衣裤，甚至会连嘴里也拜受了美味。我常常在办公室里，当公事空闲的时候，凝望着窗外淡白的空中的雨丝，对同事们谈起我对于这些自私的车轮的怨苦。下雨天是不必省钱的，你可以坐车，舒服些。

他们会这样善意地劝告我。但我并不曾屈就了他们的好心，我不是为了省钱，我喜欢在滴沥的雨声中撑着伞回去。我的寓所离公司是很近的，所以我散工出来，便是电车也不必坐，此外还有一个我所以不喜欢在雨天坐车的理由，那是因为我还不曾有一件雨衣，而普通在雨天的电车里，几乎全是裹着雨衣的先生们、夫人们或小姐们，在这样一间狭窄的车厢里，滚来滚去的人身上全是水，我一定会虽然带着一柄上等的伞，也不免满身淋漓地回到家里。况且尤其是在傍晚时分，街灯初上，沿着人行路用一些暂时安逸的心境去看看都市的雨景，虽然拖泥带水，也不失为一种自己的娱乐。在雾中来来往往的车辆人物，全都消失了清晰的轮廓，广阔的路上倒映着许多黄色的灯光，间或有几条警灯的红色和绿色在闪烁着行人的眼睛。雨大的时候，很近的人语声，即使声音很高，也好像在半空中了。

人家时常举出这一端来说我太刻苦了，但他们不知道我会得从这里找出很大的乐趣来，即使偶尔有摩托车的轮溅满泥泞在我身上，我也并不会因此而改了我的习惯。说是习惯，有什么不妥呢，这样的已经有三四年了。有时也偶尔想着总得买一件雨衣来，于是可以在雨天坐车，或者即使步行，也可以免得被泥水溅着了上衣，但到如今这仍然留在心里做一种生活上的希望。

在近来的连日的大雨里，我依然早上撑着伞上公司去，下午撑着伞回家，每天都如此。

昨日下午，公事堆积得很多。到了四点钟，看看外面雨还是很大，便独自留下在公事房里，想索性再办了几桩，一来省得明天要更多地积起来，二来也借此避雨，等它小一些再走。这样地竟逗留到六点钟，雨早已止了。走出外面，虽然已是满街灯火，但天色却转清朗了。曳着伞，避着檐滴，缓步过去，从江西路走到四川路桥，竟走了差不多有半点钟光景。邮政局的大钟已是六点二十五分了。未走上桥，天色早已重又冥晦下来，但我并没有介意，因为晓得是傍晚的时分了，刚走到桥头，急雨骤然从乌云中漏下来，潇潇地起着繁响。看下面北四川路上和苏州河两岸行人的纷纷乱窜乱避，只觉得连自己心里也有些着急。他们在着急些什么呢？他们也一定知道这降下来的是雨，对于他们没有生命上的危险，但何以要这样急迫地躲避呢？说是为了恐怕衣裳给淋湿了，但我分明看见手中持着伞的和身上披了雨衣的人也有些脚步踉跄了。我觉得至少这是一种无意识的纷乱。但要是我不曾感觉到雨中闲行的滋味，我也是会得和这些人一样地急突地奔下桥去的。

何必这样的奔逃呢，前路也是在下着雨，张开我的伞来的时候，我这样漫想着。不觉已走过了天潼路口。大街上浩浩荡荡地降着雨，真是一个伟观，除了间或有几辆摩托车，连续地冲破了雨仍旧钻进了雨中地疾驰过去之外，电车和人力车全不看见。我奇怪它们都躲到什么地方去了。至于人，行走着的几乎是没有，但在店铺的檐下或蔽荫下是可以一团一团地看得见，有伞的和无伞的，有雨衣的和无雨衣的，全部聚集着，用嫌厌的眼望着这奈何不得的雨。我不懂他们这些雨具是为了怎样的天气而买的。

至于我，已经走近文监师路了。我并没什么不舒服，我有

一柄好的伞，脸上绝不曾给雨水淋湿，脚上虽然觉得有些潮，但这至多是回家后换一双袜子的事。我且行且看着雨中的北四川路，觉得朦胧的颇有些诗意。但这里所说的"觉得"，其实也并不是什么具体的思绪，除了"我该得在这里转弯了"之外，心中一些也不意识着什么。

从人行路上走出去，探头看看街上有没有往来的车辆，刚想穿过街去转入文监师路，但一辆先前并没有看见的电车已停在眼前。我止步了，依然退进到人行路上，在一支电杆边等候着这辆车的开出。在车停的时候，其实我是可以安心地对穿过去的，但我并不曾这样做。我在上海住得很久，我懂得走路的规则，我为什么不在这个可以穿过去的时候走到对街去呢；我没知道。

我数着从头等车里下来的乘客。为什么不数三等车里下来的呢？这里并没有故意的挑选，头等座在车的前部，下来的乘客刚在我面前，所以我可以很看得清楚。第一个，穿着红皮雨衣的俄罗斯人，第二个是中年的日本妇人，她急急地下了车，撑开了手里提着的东洋粗柄雨伞，缩着头鼠窜似地绕过车前，转进文监师路去了。我认识她，她是一家果子店的女店主。第三，第四，是像宁波人似的我国商人，他们都穿着绿色的橡皮华式雨衣。第五个下来的乘客，也即是末一个了，是一位姑娘。她手里没有伞，身上也没有穿雨衣，好像是在雨停止了之后上电车的，而不幸在到目的地的时候却下着这样的大雨。我猜想她一定是从很远的地方上车的，至少应当在卡德路以上的几站罢。

她走下车来，缩着瘦削的，但并不露骨的双肩，窘迫地走上人行路的时候，我开始注意着她的美丽了。美丽有许多方面，容颜的姣好固然是一重要素，但风仪的温雅，肢体的婷匀，甚至谈吐的不俗，至少是不惹厌，这些也有着份儿，而这个雨中的少女，我事后觉得她是全适合这几端的。

她向路的两边看了一看，又走到转角上看着文监师路。我晓得她是急于要招呼一辆人力车。但我看，跟着她的眼光，大路上清寂地没一辆车子徘徊着，而雨还尽量地落下来。她旋即回了转来，躲避在一家木器店的屋檐下，露着烦恼的眼色，并且蹙着细淡的修眉。

我也便退进在屋檐下，虽则电车已开出，路上空空地，我照理可以穿过去了。但我何以不即穿过去，走上了归家的路呢？为了对于这少女有什么依恋么？并不，绝没有这种依恋的意识。但这也决不是为了我家里有着等候我回去在灯下一同吃晚饭的妻，当时是连我已有妻的思想都不曾有，面前有着一个美的对象，而又是在一重困难之中，孤寂地只身呆立着望这永远地，永远地垂下来的梅雨，只为了这些缘故，我不自觉地移动了脚步站在她旁边了。

虽然在屋檐下，虽然没有粗重的檐溜滴下来，但每一阵风会得把凉凉的雨丝吹向我们。我有着伞，我可以如中古时期骁勇的武士似地把伞当作盾牌，挡着扑面袭来的雨的箭，但这个少女却身上间歇地被淋得很湿了。薄薄的绸衣，黑色也没有效用了，两支手臂已被画出了它们的圆润。她屡次旋转身去，侧立着，避免这轻薄的雨之侵袭她的前胸。肩臂上受些雨水，让衣裳贴着了肉倒不打紧吗？我曾偶尔这样想。

天晴的时候，马路上多的是兜搭生意的人力车，但现在需要它们的时候，却反而没有了。我想着人力车夫的不善于做生意，或许是因为需要的人太多了，供不应求，所以即使在这样繁盛的街上，也不见一辆车子的踪迹。或许车夫也都在避雨呢，这样大的雨，车夫不该避一避吗？对于人力车之有无，本来用不到关心的我，也忽然寻思起来，我并且还甚至觉得那些人力车夫是可恨的，为什么你们不拖着车子走过来接应这生意呢，这里有一位美丽的姑娘，正窘立在雨中等候着你们的任何一个。

如是想着，人力车终于没有踪迹。天色真的晚了。远处对街的店铺门前有几个短衣的男子已经等得不耐而冒着雨，他们是拼着淋湿一身衣裤的，跨着大步跑去了。我看这位少女的长眉已颦蹙得更紧，眸子莹然，像是心中很着急了。她的忧闷的眼光正与我的互相交换，在她眼里，我懂得我是正受着诧异，为什么你老是站在这里不走呢。你有着伞，并且穿着皮鞋，等什么人么？雨天在街路上等谁呢？眼睛这样锐利地看着我，不是没怀着好意么？从她将钉住着在我身上打量我的眼光移向着

阴黑的天空的这个动作上，我肯定地猜测她是在这样想着。

我有着伞呢，而且大得足够容两个人的蔽荫的，我不懂何以这个意识不早就觉醒了我。但现在它觉醒了我将使我做什么呢？我可以用我的伞给她障住这样的淫雨，我可以陪伴她走一段路去找人力车，如果路不多，我可以送她到她的家。如果路很多，又有什么不成呢？我应当跨过这一箭路，去表白我的好意吗？好意，她不会有什么别方面的疑虑吗？或许她会得像刚才我所猜想着的那样误解了我，她便会得拒绝了我。难道她宁愿在这样不止的雨和风中，在冷静的夕暮的街头，独自个立到很迟吗？不啊！雨是不久就会停的，已经这样连续不断地降下了……多久了，我也完全忘记了时间的在这雨水中间流过。我取出时计来，七点三十四分。一小时多了。不至于老是这样地降下来吧，看，排水沟已经来不及宣泄，多量的水已经积聚在它上面，打着旋涡，挣扎不到流下去的路，不久怕会溢上了人行路么？不会的，决不会有这样持久的雨，再停一会，她一定可以走了。即使雨不就停止，人力车是大约总能够来一辆的。她一定会不管多大的代价坐了去的。然则我是应当走了么？

应当走了。为什么不？……

这样地又十分钟过去了。我还没有走。雨没有住，车儿也没有影踪。她也依然焦灼地立着。我有一个残忍的好奇心，如她这样的在一重困难中，我要看她终于如何处理她自己。看着她这样窘急，怜悯和旁观的心理在我身中各占了一半。

她又在惊异地看着我。

忽然，我觉得，何以刚才会不觉得呢，我奇怪，她好像在等待我拿我的伞贡献给她，并且送她回去，不，不一定是回去，只是到她所要到的地方去。

你有伞，但你不走，你愿意分一半伞荫蔽我，但还在等待什么更适当的时候呢？她的眼光在对我这样说。

我脸红了，但并没有低下头去。

用羞赧来对付一个少女的注目，在结婚以后，我是不常有的。这是自己也随即觉得可怪了。我将用何种理由来譬解我的脸红呢？没有！但随即有一种男子的勇气升上来，我要求报复，这样说或许是较言重了，但至少是要求着克服她的心在我身里急突地催促着。

终归是我移近了这少女，将我的伞分一半荫蔽她。

"小姐，车子恐怕一时不会得有，假如不妨碍，让我来送一送罢。我有着伞。"

我想说送她回府，但随即想到她未必是在回家的路上，所以结果是这样两用地说了。当说着这些话的时候，我竭力做得神色泰然，而她一定已看出了这勉强的安静的态度后面藏匿着的我的血脉之急流。

她凝视着我半微笑着。这样好久。她是在估量我这种举止的动机，上海是个坏地方，人与人都用了一种不信任的思想交际着！她也许是正在自己委决不下，雨真的在短时期内不会止么？人力车真的不会来一辆么？要不要借着他的伞姑且走起来呢？也许转一个弯就可以有人力车，也许就让他送到了。那不妨事么？……不妨事。遇见了认识人不会猜疑么？……但天太晚了，雨并不觉得小一些。

于是她对我点了点头，极轻微地。

"谢谢你。"朱唇一启，她进出柔软的苏州音。

转进靠西边的文监师路，在响着雨声的伞下，在一个少女的旁边，我开始诧异我的奇遇。事情会得展开到这个现状吗？她是谁，在我身旁同走，并且让我用伞荫蔽着她，除了和我的妻之外，近几年来我并不曾有过这样的经历。我回转头去，向后面斜看，店铺里有许多人歇下了工作对我，或是我们，看着。隔着雨的，我看得见他们的可疑的脸色。我心里吃惊了，这里有着我认识的人吗？或是可有着认识她的人吗？……再回看她，她正低下着头，拣着踏脚地走。我的鼻子刚接近了她的鬓发，一阵香。无论认识我们之中任何一个的人，看见了这样的我们的同行，会怎样想？……我将伞沉下了些，让它遮蔽到我们的眉额。人家除非故意低下身子来，不能看见我们的脸面。这样的举动，她似乎很中意。

我起先是走在她右边，右手执着伞柄，为了要让她多得些荫蔽手臂便凌空了。我开始觉得手臂酸痛，但并不以为是一种

苦楚。我侧眼看她，我恨那个伞柄，它遮隔了我的视线。从侧面看，她并没有从正面看那样的美丽。但我却从此得到了一个新的发现：她很像一个人。谁？我搜寻着，我搜寻着，好像很记得，岂但……几乎每日都在意中的，一个我认识的女子，像现在身旁并行着的这个一样的身材，差不多的面容，但何以现在百思不得了呢？……

啊，是了，我奇怪为什么我竟会得想不起来，这是不可能的！我的初恋的那个少女，同学，邻居，她不是很像她吗？这样的从侧面看，我与她离别了好几年了，在我们相聚的最后一日，她还只有十四岁，……一年……二年……

七年了呢。我结婚了，我没有再看见她，想来长成得更美丽了……但我并不是没有看见她长大起来，当我脑中浮起她的印象来的时候，她并不还保留着十四岁的少女的姿态。我不时在梦里，睡梦或白日梦，看见她在长大起来，我曾自己构成她是个美丽的二十岁年纪的少女。她有好的声音和姿态，当偶然悲哀的时候，她在我的幻觉里会得是一个妇人，或甚至是一个年轻的母亲。

但她何以这样的像她呢？这个容态，还保留十四岁时候的余影，难道就是她自己么？她为什么不会到上海来呢？是她！天下有这样容貌完全相同的人么？不知她认出了我没有……我应该问问她了。

"小姐是苏州人么？"

"是的。"

确然是她，罕有的机会啊！她几时到上海来的呢？她的家搬到上海来了吗？还是，哎，我怕，她嫁到上海来了呢？她一定已经忘记我了，否则她不会允许我送她走。……也许我的容貌有了改变，她不能再认识我，年数确是很久了。……但她知道我已经结婚吗？要是没有知道，而现在她认识了我，怎么办呢？我应当告诉她吗？如果这样是需要的，我将怎么措辞呢？……

我偶然向道旁一望，有一个女子倚在一家店里的柜上，用着忧郁的眼光，看着我，或者也许是看着她。我忽然好像发现这是我的妻，她为什么在这里？

我奇怪。

我们走在什么地方了。我留心看。小菜场。她恐怕快要到了。我应当不失了这个机会。我要晓得她更多一些，但要不要使我们继续已断的友谊呢，是的，至少也得是友谊？还是仍旧这样地让我在她的意识里只不过是一个不相识的帮助女子的善意的人呢？我开始踌躇了。我应当怎样做才是最适当的。

我似乎还应该知道她正要到哪里去。她未必是归家去吧。家——要是父母的家倒也不妨事的，我可以进去，如像幼小的时候一样。但如果是她自己的家呢？我为什么不问她结婚了不曾呢……或许，连自己的家也不是，而是她的爱人的家呢，我看见一个文雅的青年绅士。我开始后悔了，为什么今天这样高兴，剩下妻在家里焦灼地等候着我，而来管人家的闲事呢？北四川路上。终于会有人力车往来的？即使我不这样地用我的伞伴送她，她也一定早已能雇到车子了。要不是自己觉得不便说出口，我是已经会得剩了她在雨中反身走了。

还是再考验一次罢。

"小姐贵姓？"

"刘。"

刘吗？一定是假的。她已经认出了我，她一定都知道了关于我的事，她哄我了。她不愿意再认识我了，便是友谊也不想继续了。女人！……她为什么改了姓呢？……也许这是她丈夫的姓？刘……刘什么？

这些思想的独白，并不占有了我多少时候。它们是很迅速地翻舞过我心里，就在与这个好像有魅力的少女同行过一条马路的几分钟之内。我的眼不常离开她，雨到这时已在小下来也没有觉得。眼前好像来来往往的人在多起来了，人力车也恍惚看见了几辆。她为什么不雇车呢？或许快要到达她的目的地了。她会不会因为心里已认识了我，不敢厮认，所以故意延滞着和我同走么？

一阵微风，将她的衣缘吹起，飘漾在身后。她扭过脸去避对面吹来的风，闭着眼睛，有些娇媚。这是很有诗兴的姿态，

我记起日本画伯铃木春信的一帧题名叫"夜雨宫诣美人图"的画。提着灯笼，遮着被斜风细雨所撕破的伞，在夜的神社之前走着，衣裳和灯笼都给风吹卷着，侧转脸儿来避着风雨的威势，这是颇有些洒脱的感觉的。现在我留心到这方面了，她也有些这样的风度。至于我自己，在旁人眼光里，或许成为她的丈夫或情人了，我很有些得意着这种自譬的假饰。是的，当我觉得她确是幼小时候初恋着的女伴的时候，我是如像真有这回事似地享受着这样的假饰。而从她鬓边颊上被潮润的风吹过来的粉香，我也闻嗅得出是和我妻所有的香味一样的。……我旋即想到古人有"担簦亲送绮罗人"那么一句诗，是很适合于今日的我的奇遇的。铃木画伯的名画又一度浮现上来了。但铃木的所画的美人并不和她有一些相像，倒是我妻的嘴唇却与画里的少女的嘴唇有些仿佛的。我再试一试对于她的凝视，奇怪啊，现在我觉得她并不是我适才所误会着的初恋的女伴了。她是另外一个不相干的少女。眉额，鼻子，颧骨，即使说是有年岁的改换，也绝对地找不出一些踪迹来。而我尤其嫌厌着她的嘴唇，侧看过去，似乎太厚一些了。

我忽然觉得很舒适，呼吸也更通畅了。我若有意若无意地替她撑着伞，徐徐觉得手臂太酸痛之外，没什么感觉。在身旁由我伴送着的这个不相识的少女的形态，好似已经从我的心的樊笼中被释放了出去。我才觉得天已完全夜了，而伞上已听不到些微的雨声。

"谢谢你，不必送了，雨已经停了。"

她在我耳朵边这样地嘤响。

我蓦然惊觉，收拢了手中的伞。一缕街灯的光射上了她的脸，显着橙子的颜色。她快要到了吗？可是她不愿意我伴她到目的地，所以趁此雨已停住的时候要辞别我吗？我能不能设法看一看她究竟到什么地方去呢？……

"不要紧，假使没有妨碍，让我送到了罢。"

"不敢当呀，我一个人可以走了，不必送罢。时光已是很晚了，真对不起得很呢。"

看来是不愿我送的了。但假如还是下着大雨便怎么了呢？……我怨怼着不情的天气，何以不再继续下半小时雨呢，是的，只要再半小时就够了。一瞬间，我从她的对于我的凝视——那是为了要等候我的答话——中看出一种特殊的端庄，我觉得凛然，像雨中的风吹上我的肩膀。我想回答，但她已不再等候我。

"谢谢你，请回转罢，再会。……"

她微微地侧面向我说着，跨前一步走了，没有再回转头来。我站在中路，看她的后形，旋即消失在黄昏里。我呆立着，直到一个人力车夫来向我兜揽生意。

在车上的我，好像飞行在一个醒觉之后就要忘记了的梦里。我似乎有一桩事情没有做完成，我心里有着一种牵挂。但这并不曾很清晰地意识着。我几次想把手中的伞张起来，可是随即会自己失笑这是无意识的。并没有雨降下来，完全地晴了，而天空中也稀疏地有了几颗星。

下了车，我叩门。

"谁？"

这是我在伞底下伴送着走的少女的声音！奇怪，她何以又会在我家里？……门开了。堂中灯火通明，背着灯光立在开着一半的大门边的，倒并不是那个少女。朦胧里，我认出她是那个倚在柜台上用嫉妒的眼光看着我和那个同行的少女的女子。我惝恍地走进门。在灯下，我很奇怪，为什么从我妻的脸色上再也找不出那个女子的幻影来。

妻问我何故归家这样的迟，我说遇到了朋友，在沙利文吃了些小点，因为等雨停止，所以坐得久了。为了要证实我这谎话，夜饭吃得很少。

在巴黎大戏院

怎么，她竟抢先去买票了吗？这是我的羞耻，这个人不是在看着我吗，这秃顶的俄国人？这女人也把眼光钉在我脸上。是的，还有这个人也把衔着的雪茄烟取下来，看着我了。他们都看着我。不错，我能够懂得他们的意思。他们是有点看轻我了，不，是嘲笑我。我不懂她为什么要抢先去买票？……

她难道不知道这会使我觉得难受吗？我是一个男子，一个绅士，有人看见过一个男子陪了一个女子——不管是哪一等女子——去看电影，而由那个女子来买票的吗？没有的；我自己也从来没有看见过。……我脸上热得很呢，大概脸色一定已经红得很了。这里没有镜子吗？不然倒可以自己照一下。……啊，这个人竟公然对我笑起来了！你敢这样的侮辱我吗？你难道没有看见她突然抢到卖票窗口去买票吗？这是我没有预防到的，谁想到会有这样的事呢？啊，我受不下了，我要回身走出这个门，让我到外面阶石上去站一会儿罢。……怎么，还没有买到吗？人多么挤！我真不懂她为什么要这样在挤拥的人群中挣扎着去买票，难道她不愿意让我来请她看电影吗？……那么昨晚为什么愿意的呢？为什么昨晚在我送她到门口的时候允许我今天去邀她出来的呢，难道她以为今天应当由她来回请我了吗？……哼！如果她真有这种思想，我看我们以后也尽可以彼此不必你请我我请你了，大家不来往，多干脆！

难道我是因为要她回请而请她看电影的吗？……难道……或许她觉得老是让我请她玩不好意思，所以今天决意要由她来买票，作为撑持面子的表示吗？……是的，这倒是很可能的，女人常会有这种思想，女人有时候是很高傲的。……怎么啦，还没有买到戏票吗，我何不挤上前去抢买了呢，难道我安心受着这许多人的眼光的讪笑吗？我应该上前去，她未必已经买到了戏票。这里的价目是怎样的？……楼下六角，楼上呢？这个人的头真可恶，看不见了，大概总是八角吧。怎么，她在走过来了。她已经买到了戏票了。奇怪，我怎样没有看见她呢？她从什么地方买来的戏票？

好，算了，进去罢。但她为什么把两张戏票都交给我？……啊，这是 circle 票！为什么她这样闹阔？……我懂了，这是她对于我前两天买楼座票的不满意的表示。这是更侮辱我了。我决不能忍受！我情愿和她断绝了友谊，但我决不能接受这戏票了！不，我不再愿意陪她一块儿看电影了。什么都不，逛公园，吃冰，永远不！……怎么，她说话了："楼上楼下戏票都卖完了，只得买花楼票了。"

哦！我很抱歉，我几乎误会了。我为什么这样眼钝，卖普通座的窗口不是已经挂出了客满的纸牌吗？这些拥挤着的人不是正在散开了吗？他们一定很失望的，但这影片难道竟这样的有号召力？哦，不错，今天是星期日。……我们该上楼了。但是……她把这两张戏票都交给我，这是什么意思呢？……这扶梯太狭小了，没有大光明戏院的宽阔。两个人相并着走，几乎占满了一扶梯。已经开映了吗？音乐的声音听见了。这是收戏票的。哦，我懂了，她要由我的手里将这戏票交给收票人，让我好装作是我买的票子，是的，准是这个意思，她不愿意我在收票人面前去丢脸。让我回过头来看看，可有刚才看见她买票的人吗，……没有，我们恐怕是最后进去的看客了。刚才在楼下嘲笑地看着我的那个秃顶的俄国人呢？那个穿着怪紧小的旗袍的女人呢？还有那个衔着雪茄烟的神气活现的家伙呢？他们一定是买不到戏票而回去了。活该，谁叫你们轻看我的哪？我们的座位是几号呢？……七十四，七十五。不知是怎样一个位子。好，我们已经走进来了，还没有开演，电灯都还亮着，怎么，这仆欧要把我们领到什么地方去？我们买的是 circle 票。天！

已经在第三排了，这不是最后的一排 circle 座位吗？怎么还要打旁边走，……这两个座位是我们的吗，太坏了，在边上，眼睛要斜着看的。还是让她坐在靠里面的这座位上罢。

空气坏极了，人真多：这个德国人抽的是什么雪茄呢，哪有这样难闻的味道？怎么，她递给我什么东西了……说明书，不错，我为什么总是这样粗心，进门的时候怎么会把说明书忘了没拿的呢？但是，可也奇怪，我没有看见她在什么时候拿这说明书的。噢，大约是在我看票面上座位号数的时候吧。……乌发公司，果然，我知道这影片准是乌发公司的出品。巴黎大戏院常映乌发片子，真不错。她看到了没有？我应当告诉她。

"这又是乌发公司的片子。"

怎么，她看着我！她不知道乌发公司吗？这须要解释一下了。但我似乎应当低声些："乌发公司的出品最好，这是一家出名的德国影片公司。我最喜欢看这公司的影片，我觉得他们的出品，随便哪一种都比美国莱坞中出来的片子好。"

她没有回话吗？她只点点头。是不是我这样的解释使她觉得冒昧了呢？

她一定以为我估料她缺少影戏常识而不快了。她又把头低下去耽读着说明书了。我应该怎样对她表示呢？……让我来看，这里有没有认识的人。要是有人看见了我和她在这里，把这消息传出去而且张扬起来，那倒是有些难堪的。可是，……难堪？我是不是曾经这样想过？这并不是什么秘密的事，我不能陪一位女朋友看电影吗？我难道到现在还害怕着这些？灯都熄了，影片要开映了，好，没有人再会看见我们。她把说明书看完了没有，她未必能看得很快，一定只看了一半。本来我们来得太迟了。这是应当怪她的，她偏不愿意坐车，偏要沿着那林荫路步行着来，我真不懂她什么意思。

这里的椅子太小，坐着真不舒服。这边的椅臂也给她的手臂搁了去吗？那么，我只有这一旁的椅臂可搁了。我不妨坐斜一点，稍微松散些。哎，什么香，怪好闻的？这一定是从她身上来的。前天在公园里小坐着的时候，我也闻到过这香味，可是没有这样的浓。不错，刚才吃过晚饭之后，她在楼上耽搁了好久，我不是等得几乎不耐烦了吗？那时候她一定是在装扮。我猜想她一定是连小衣都换过了的。喔，我不能这样：这太狎亵了！但她为什么笑呢？怎么，大家都在笑！难道我这种狂妄的推想已经被发觉了？……不可能的！原来他们是看了这象鼻子给石缝夹牢了而笑的，这 cartoon 倒还不错。

她为什么把肘子在我手臂上推一下？我觉得这样，的确是一种推的动作。这是故意的呢，还是无心的？我只要看她的神色就得了，可惜此刻影片上暗的面积太大了，我不能看得很清楚。……她倒若无其事地，眼光一直注射在银幕上，脸色也装得很正经。她好像忘记了她是和我同坐在电影院中。为什么，如果她没有忘记，便该怎么？该当屡次看看我吗？笑话！我存了什么思想？哦，这回可被我发现了，她倒很伶俐，她会得不让头部动一动，而眼睛却斜睨了我一次。为什么她要这样？显然她是在偷偷地留心着我。她一定也已觉得了我在看着她。果然，她嘴唇微微地翕动了，这是忍笑的姿态。

她心里觉得怎么样呢？我真猜不透。我们现在究竟是哪一种关系？我是不是对于她已有了恋爱？我自己也猜不透自己。为什么我这样高兴陪着她玩。这三天来我真昏迷极了。整个上海差不多全被我们玩过了。我就是对于妻也从来没有这样热烈过。我很可怜她，但我也没有办法，我不能自己约束自己啊。她住在乡下，真是个温柔的可怜人，此刻她一定已经睡了。她会不会梦见我和另一个女人在这里看电影呢？……

哦，很热，额上好像有汗了。怎么，我的手帕？……连后面这个袋里都没有！噢，想起来了，在虹口公园的时候给她垫在游椅上，临走时忘掉了。嗳！这恐怕要成为一个秘密的温柔的回忆了。她怎么说，当她坐在那椅子上，手牵着拖到她肩头的柳叶的时候？"谁叫我不早些认识你的呢。"她不是说过这样一句话的吗？……是的，是我先说了一句"我怎么不早认识你呢。"

我不懂当时怎么会说这样的话，这是什么意思？我难道已经给她了什么暗示？……嗳，夏天傍晚的虹口公园真好。我现在还好像看见面前流动着映着黄金色的大月亮的池水，这真是

迷人的！但她的意思是不是说倘若她能早些认识我，就会得……早些，这是指什么时候？一定是指我没有结婚的时候了……难道我对她说的那句话就是暗示了这个意思吗？这倒奇怪，大概的确是我说得太含糊了。我不应该对一个容易动情的少女说这种意义不明白的话。现在她一定误会了。她一定以为我爱了她。……其实，她倒并没有错，我真是有点爱她了，我真不懂这是什么缘故。我不晓得我应不应当索性告诉她。譬如刚才同坐在虹口公园里的时候，我对她说我爱她，她会得什么样呢？

哭？……是的，我晓得女人碰到这种境地，除了嗫泣与缄默地低倒了头之外，是再也没有办法的。但那时我又应当怎样了呢？抚慰她吗？她会不会像影片中的多情的女子那样地趁此让我接吻的？恐怕不会，……决不会的！这是情形不同。她当然知道我是已经结婚了。……她怎么了？她好像很不安定，她把手臂更搁过来一些了。……我已经觉得了从她的肌肤上传过来的热气了。……她回转头来了，不是在对我说什么话吗？

"这个人叫什么名字？"

谁？她要问的是谁？她问我影片中的人物吗。她大概是指这个扮副官的。这是谁？……我可记不起来了，他的名字是常常在嘴边的。怎么一时竟会说不出来呢。……他是俄国的大明星，我知道。……噢，有了："你问这个扮副官的吗？这是伊凡·摩犹金，俄国大明星。"

"不错，伊凡·摩犹金，是他，我记得了。影片里常常看见他的，我很喜欢他。"

怎么，很喜欢他？   像摩犹金这样的严冷，难道中国女人竟会得喜欢他的吗？假的，我不相信，也许是范伦铁诺，那倒是可能的。凡是扮串小生的戏子最容易获得女人，真的。……但影戏是没有什么危险的，至少也可以说外国影戏是没有什么大关系的。你喜欢他吗？但他怎么会知道？你看，他和另外一个女人接吻了，你不觉得妒忌？哈哈——Nonsense！

我觉得她在看着我。不是刚才那样的只是斜着眼看了，现在她索性回过头来看了。这是什么意思？我要不要也斜过去接触着她的眼光？……不必罢，或许这会得使她觉得羞窘的。但她显然是在笑了。是的，我觉得她的确在看着我笑。我有什么好笑的地方？难道她懂得了我那种怪思想吗？……那原是闹着玩的。我何不就旋转头去和她打个照面呢？我应当很快地旋转去，让她躲避不了，于是我可以问她为什么看了我笑……

"笑什么？"

哦，竟被我捉住了。她不是显得好像很窘了吗？看她怎样回答。

"笑你。"

怎么，就只这样的回答吗？笑我，这我已经知道了，何必你自己说。但我要知道你为什么笑我，我有什么地方会使你发笑呢？我倒再要问问她："笑我什么？"

"笑你看电影的样子，开着嘴，好像发呆了。"

奇怪！开着嘴，好像发呆了。哪里来的话。我从来不这样的。今天也不曾这样，我自己一点也不觉得。假话，又是假话！女人们专说假话。真机警。

她一定不是为了这个缘故而笑的。她一定是毫无理由的。我懂得。大概她总不免觉得徒然看着这影戏也是很无聊的。本来，在我们这种情形里，如果大家真的规规矩矩地呆看着银幕，那还有什么意味！干脆的，到这里来总不过是利用一些黑暗罢了。有许多动作和说话的确是需要黑暗的。瞧，她又在将身子倾斜向我这边来了。这完全露出了破绽。如果说是为了座位太斜对了银幕的缘故，那是应当向右边侧转去的，她显然是故意地把身子靠上我的肩膀。让我把身子也凑过去一些，看她退让不退让。……天，她一动也不动，她可觉得我的动作？难道她竟很有心着吗？不错，这两天来，她从来没有拒绝我的表示。我为什么还不敢呢。我太弱了。我爱她，我已经爱她了啊！但是，我怎么能告诉她呢？她会得爱一个已经结婚了的男子吗？我怕……我怕我如果告诉了她，一些些，只要稍微告诉她一些些，她就会跑了的。她会永远不再见我，连一点平常的友谊都会消灭了的……

"休息。"已经休息了。半本影戏已经做过了。好快。我一点也没有看。

冰淇淋，很好，我正觉得很热。但她要吃什么呢，冰淇淋？汽水？我还是问她一声："吃冰淇淋呢还是汽水？"

"不要，都不要。"

今天竟客气到这样了。前两天并不这样的。为什么都不要？她不觉得热么？前晚在卡尔登不是吃了两个纸包冰么？为什么今天完全拒绝了？我不喜欢她这样的客气。

"喂，冰淇淋。两个巧克力的。"

我给她买了，难道她还不要么。……

"真的不要，今天不想吃冰。"

……哦，我猜透了，准是这个关系。她不是有些脸红了吗？我不应该这样的勉强她，害她倒窘了。不然她决不会这样拒绝我的，从来不这样的。她不是说今天不想吃吗？好，我来吃掉了罢。……太冷了，我倒吃不下两个纸包冰，我希望不要再发胃病。……她旋转着看什么？她寻找什么人吗？还是她也怕有什么人看见我们吗？我现在倒希望有人看见了。让他们宣传出去，这或许反而有些好处的。……手指上全是巧克力了，这样黏。没有一块手帕真不方便。就在说明书上揩拭一下罢。……我的说明书呢，刚才放在膝盖上的？丢在地板上了。恐怕有痰。真糟，叫我拿什么东西来揩手呢？……

她递给我手帕了。不是随时在注意着我吗？这样小的手帕，又这样热，这样潮湿，一定揩上了许多汗了。好，我把手指都揩干净了。……慢着，我还要闻一闻呢。我可以装作揩嘴，顺便就可闻着了。谁会看出来呢？……哦，好香，这的确是她的香味。这里一定是混合着香水和她的汗的香味。我很想舐舐看，这香气的滋味是怎样的。想必是很有意思的吧。我可以把这手帕从左嘴唇角擦到右嘴唇角，在这手帕经过的时候，我可以把舌头伸出来舐着了。甚至就是吮吸一下也不会被人家发现的。这岂不很巧妙。好，电灯一齐熄了。

影戏继续了。这时机倒很不错，让我尽量地吮吸一下吧。……这里很咸，这是她的汗的味道吧……但这里是什么呢，这样地腥辣？……恐怕痰和鼻涕吧。是的，确是痰和鼻涕，怪黏腻的。这真是新发明的美味啊！我舌尖上好像起了一种微妙的麻颤。

奇怪，我好像有了抱着她的裸体的感觉了。……我不能把这块手帕据为己有吗？如果我此刻拿来放进了我自己的衣袋里，她会怎么说呢？啊不，即使她不说什么，也觉得太不雅了。我不能这样的卑下。

我必须还给她。而且现在就该还给她了！

她不把这手帕再捏在手里了。她把它塞进衣袋里去了。大概她觉得了我的动作了。这手帕已经被我吮吸得很湿了，好像曾经揩过衣服上的夏雨似的。

啊，美味！美味！倘若她的小嘴唇和她的耳朵背后也肯让我吮吸一下，我一定会得通身都颤抖起来的。哎，天！我现在就只要晓得如果我把对于她的秘密的恋爱泄露了出来，她到底怎样呢？……只要让我晓得她不会拒绝我就好了。我不懂我为什么这样的不济。少言不是恋爱了许多女人吗？我想他一定有与我不同的方法。当他对一个女人告诉了他的恋爱之后，倘若那个女人拒绝了，他不知怎样的。……我只要晓得这一点也就好了。但女人会不会拒绝他呢？他是这样的漂亮，这样的会交际，他真是一个豪华公子。……也许女人是不大肯使人难堪的……但是不管她所取的方式怎样，只要是拒绝的表示，也就尽够我难受了。……

好，现在让我来仔细想一想，她究竟有怎么理由可以拒绝我呢？不是每次都很高兴和我一同玩的吗？她不是很反对在我们两人之外有第三个人加入来一同玩的吗？当知道了我的妻在上海的时候，她不是绝迹不来找我的吗？

当我们一同去吃夜饭的时候，她不是一定要去在隔壁的小房间里的吗？她不是常常会得在我不注意的时候，低下头去呆想的吗？……哦！还有，她不是常常会得用着一种不可索解的奇怪的眼色凝看着我，甚至会延长到四五分钟的吗？这些都是什么意思？……是的，这些都是什么意思？恐怕——恐怕除了我已经结婚之外，她举不出什么旁的理由会来拒绝我罢。

但是一个女人恋爱一个已经结婚的男子，这也不是绝不可能的事情。不，而且是很普通的事情。有什么关系呢？她如果会得拒绝我，她早就可以疏远我了。难道她很放心，以为我永

远不会拿这种事情去麻烦她吗？……不，不会的，像她这样是正在寻找恋爱的好时光，如果她真预备拒绝我，她何以肯花费了她的时间来找我做无意义的游乐呢。……啊，这终究是一个谜。这个谜不打破，我终究是没有办法的。

怎么啦，他终究把前妻的戒指当着这个女人面前除下来丢掉了吗？……

好！摩犹金的表情真不错。你看，他多少难过，这的确是很不容易表情的动作。可是，前面的事实是怎么样的？我可没有看清楚。我从来没有这样分心地看电影过。……这不是我的结婚指环吗？倘若我此刻也把妻的指环除下来，她会得有怎样的感觉呢？她会不会看见这个动作？她看见了会不会说什么话？……好，我倒要试试看，我可以把这指环除下来，放在手里拈弄着。……

她一定已经看见了，我知道。……怎么，叹气？谁在那里叹气？满院的人都在叹气了吗？啊，他们拥抱了，这女人终究投在这副官的怀里了。她为什么不看着银幕？……她还注意我。让我也旋转过去，看她怎样……她不是在看着我手里的指环吗？……她说什么了："做什么？"

"做什么"？她是不是这样问？她问得太露骨了，叫我怎样回答她呢。

哈哈，这是什么意思，指我把指环除下来这个动作呢，还是指我旋转头去看她这个动作？让我来含混一些回答她罢："不做什么。"

她窘了，她显然有些心烦了。她旋转脸去，低下了头做什么？现在她心里觉得怎样呢？是的，我只要明白地晓得她现在的心理怎样就好了。……但是，她不说，我终究没有法子能够晓得的。女人会得把她们的秘密永远保守着，直到死。但有时候，她们会得懊悔的。

大家都在站起来了。哦，影戏已经完了。好亮，我眼睛都昏花了。啊，人太挤了。我们应当打旁边那扶梯下去。她说什么？……我没有听见。

"我说你觉得怎样？"

“觉得怎样”？指什么？哦，她一定是指那影戏。

“哦，很好，很不错。”

笑话，其实我是等于没有看。咿哟！当心！……好端端的走，怎么会错踏了梯级的呢？也许这是她故意的。她故意要这样子，好靠在我的手臂上。

现在我的手臂已经完全抱着她了，要不要放手呢？……不必，扶梯还没有走完，也许她还会得失足的。……

啊，外面真凉快！只有在南京大戏院看电影，出来的时候会得觉到一阵热风。那真考究。现在我应当把手臂离开她了。什么时候了？十一点四十分。

我这表快十分钟。不过十一点半光景。还早咧，我应当邀她去吃些点心。

为什么她今天这样客气？她为什么一定不肯去吃些点心？她连送都不要送，独自雇了车走了。我本来倒预备送她到家里的。她不是有点厌我吗？也许是这样。大概她今天对于我有点觉得厌倦了。但是，……但是她为什么又约我明天下午两点钟去找她玩梵王渡公园呢？我不懂。

魔　道

　　当火车开进 × 州站的时候，天色忽然阴霾了。

　　我是正在车厢里怀疑着一个对座的老妇人。——说是怀疑，还不如说恐怖较为适当些。这老妇人，当我在上海上车，坐到这车厢里来的时候，她还没有来坐在我对面。我对面的那个座位也空着，我是在火车开行前四十分钟上车的。拣定了这个座位之后，——我不懂我何以要拣这个座位，我就闲着看一个个接着上来的旅客。这里有律师，有丝绸厂的经理，有调省听候任用的官吏，有爱发飙劲儿的大少爷，——这些都是我从他们的谈话和仪态中看出来的，我并不认识其中任何一个。还有，陪同着他们的，当然有美丽的小姐，端庄的，但是多少有些村俗的夫人，和那些故作矜持而到底瞒不过别人的眼睛的红倌人。但是，——我对你说过没有？我旁边的座位是空着的，我对面的两个座位也是空着的，这就是说，我是一个人占有着四个人的座位，奇怪的是——真的，这是现在回想起来要算作上车后第一件奇怪的情形了，当这些老幼男女的客人来拣座位的时候，一个一个地，对于我所占有的几个空位儿总略一瞻顾，就望望然过之，始终没有一个来就座的。但当时，我的确木然，一点也不感到有什么不愉快，因为在我是正希望不要有人来与我同座。

　　火车终于开行了。我喝了一口茶，因为站起来向窗外边把满口的红茶梗吐去的便，就略略看了一下窗外的景色。当黄色的百龄机的广告牌使我感到厌恶而坐下来的时候，一回头，在

126

我的对面已经坐着这个老妇人了。这就是奇怪，她——这个龙钟的老妇人，伛偻着背，脸上打着许多邪气的皱纹，鼻子低陷着，嘴唇永远地歪掠着，打着颤震，眼睛是当你看着她的时候，老是空看着远处，虽然她的视线会得被别人坐着的椅背所阻止，但她却好像擅长透视术似的，一直看得到 the eternity 而当你的眼光暂时从她脸上移开去的时候，她却会得偷偷地，——或者不如说阴险地，对你凝看着。她在什么时候坐到这里来的呢？可有人看见她来坐在这个位儿上吗？我开始动了我的疑虑。我觉得这个老妇人多少有点神秘。她是独自个，她拒绝了侍役送上来的茶，她要喝白水，她老是偏坐在椅位的角隅里，这些都是怪诞的。不错，妖怪的老妇人是不喝茶的，因为喝了茶，她的魔法就破了。这是我从一本什么旧书中看见过的呢？同时，西洋的妖怪的老妇人骑着笤帚飞行在空中捕捉人家的小孩子，和《聊斋志异》中的隔着窗棂在月下喷水的黄脸老妇人的幻象，又浮上了我的记忆。我肯定了这对座的老妇人一定就是这一类的魔鬼。我恐怖起来了，为什么我要坐在这里？为什么刚才人家都不来占据我这里的空位？他们难道都曾在这个座位上看见了什么吗？为什么这个老妇人要来与我对面坐着？这些都立刻形成了我的严重的问题了。

但这种疑问是怎么也没有方法自己譬解的。我曾想换一个座位，但环瞩这一节车中，除了我们这里还有两个空座外，只有一个穿着团长服的军人旁边尚有一个空位，此外是全都有人占坐着了。

与其在这里害怕，倒不如去忍耐一点葱蒜臭与那个军人并坐去罢。可是这也不过曾在一秒钟之间活动过的思想，因为我要舒适，还是独据了这个双人座罢。况且，即使换了个座位，既已有了这个老妇人的可怖的印象，能保这印象不会持续在我易座之后的头脑里吗？我唯一的办法就是不再看她一眼，我竭力地禁制我的眼光不移向这老妇人脸上去，即使她那深浅黑花纹的头布和那正搁在几上的，好像在做什么符咒似的把三个指头装着怪样子的干枯而奇小的手。

据说，有魔法的老妇人的手是能够脱离了臂腕在夜间飞行

出去攫取人的灵魂的。我不自主地又想起来了。但这又是什么书上说的？我的记性真坏极了。我怕我会得患神经衰弱病，怔忡病……没有用，这种病如我这样的生活，即使吃药也是不能预防的。Polytamin有什么好处，我吃了三瓶了。定命着要会来的事情是怎么也避免不了的。哈哈，我竟成了定命论者了。这是哪一派的思想？叔本华？……是的，正如妖术追人一样，定命无论如何会得降临给你的。妖术？我为什么要拿妖术来做比喻？怎么，我又看她了！她为什么对我把嘴角牵动一下？是什么意思？她难道因为我看出了她是个妖妇而害怕了吗？我想不会的，害怕的恐怕倒是我自己呢……

我还是看书罢，我的小皮箱里带着书。啊，不错，那本《The Romanceof Sorcery》倒不能拿出来了。难道是因为我这两天多看了些关于妖术的书，所以受了它的影响么？虽然，也许有点，但是这个老妇人是无疑地她本身也有着可怪的地方，即使我未曾看那些书，我也一定会同样地感觉到的。我该拿哪一本书出来看呢：Le Fanu的奇怪小说？《波斯宗教诗歌》？《性欲犯罪档案》？《英诗残珍》？好像全没有看这些书的心情呢。还有些什么书在行箧里？……没有了，只带了这五本书。……还有一本《心理学杂志》，那没有意思。怎么，她又在偷看我了，那么鬼鬼祟祟的，愈显得她是个妖妇了。我怎么会不觉得。哼，我也十分在留心着你呢。你预备等我站高来向搁栏上取皮箧的时候，施行你的妖法，昏迷了我，劫去了我的行李吗？

这主意倒不错！人家一定会当是我的母亲的。我反正不想看书。我决不站起来拿皮箧。我凝看着你，怎么样！我用我的强毅的、精锐的眼光震慑着你，你敢！

但是她没有什么动静。她完全是一个衰老于生活的妇人，从什么地方我刚才竟看出她是个妖妇呢？这分明是一重笑话！我闹了笑话了。如果我曾经骂了她，或是把她交代给车上的宪兵，那一定会就此铸成一个辩解不清的丑闻了。好，算了罢，阴云密布的时候所给予人的恐怖，在太阳出来之后是立刻会消灭了的。而刚才是一定有乌云降在我的神经里，所以这样地误会了。……降在神经上的乌云，这太诗意的了，我应当说说明白。

这叫什么？……

　　也许我的错觉太深了，不，似乎应当说幻觉，太坏了！风景真好，长久住在都市里，从没有看见这样一大片自然的绿野过。那边一定是个大土阜，隆起着。如果这在中原的话，一定有人会考据出来，说是某一朝代某王妃的陵墓的。那么，一定就有人会去发掘了。哦，以后呢？他们会发现一个大大的石室，中间有一只很大的石供桌，上面点着人脂煎熬的油灯。后面有一个庞大的棺材，朱红漆的，当然，并且还用黄金的链吊起着。还有呢？他们就把那棺材劈开来，是的，实演大劈棺了。但是并没有庄周跳起来，里面躺着一个紧裹着白绸的木乃伊。古代的美貌王妃的木乃伊，曳着她的白绸拖地的长衣，倘若行到我们的都会里来，一定是怎样地惊人啊！……惊人？还不止是惊人，一定会使人恋爱的。人一定会比恋爱一个活的现代女人更热烈地恋爱她的。

　　如果能够吻一下她那放散着奇冷的麝香味的嘴唇，怎样？我相信人一定会有不再与别个生物接触的愿望的。哦，我已经看见了：横陈的白，四围着的红，垂直的金黄，这真是个璀璨的魔网！

　　但是，为什么这样妄想呢？也许石室里是乌沉沉的。也许他们会凿破七重石门，而从里面走出一个神秘的容貌奇丑的怪老妇人来的。是的，妖怪的老妇人是常常寄居在古代的catacomb里的。于是，他们会得乱纷纷地抛弃了鸦锄和鹰嘴凿逃走出来，而她便会得从窟穴里吐出一重黑雾来把洞口封没了的。但是，如果那个美丽的王妃的木乃伊是这妖妇的化身呢？……那可就危险了。凡是吻着了她的嘴唇的人，一定会立刻中了妖法，变作鸡、鸭，或纯白的鹅的。变作鹅，我说这倒也不错。我想起那个雕刻来了。那天鹅不是把两翼掩着丽达的膝而把头伸在她的两腿中间吗？啊，超现实主义的色情！

　　妄想！妄想！太妄想了！难道这个老妇人真会得变作美丽的王妃的木乃伊吗？虽然妖法是可信的，但是我终不相信她会变作美丽的少妇。我总厌恶她。看！她的喝水多么奇怪！她为什么向这面的杯边喝一口，又换向另一面的杯边喝一口？不像

129

是讲究卫生罢。她是不是真想对我施行妖术了呢？我应当明明白白地告诉她，我行箧里是只有几本书和一件睡衣，免了这徒然的劳动罢。

我不懂，如果她没有一种特殊的秘密的权力，我怎么会觉得战栗呢？我从来不曾因为一个老妇人而战栗过。……这样的疑虑在我心中回旋着，我的眼睛几次三番地竭力从她脸上移开，环看了一遍车中的乘客，又顾盼了一下在窗外绕着圆圈的风景，而结果总是仍旧回到她这可疑的脸上来。我的感觉和意识好像完全被她所支配了：被她的异样的眼光，喃喃然好像在念什么符咒的翕动着的嘴唇，和干萎了的，但是白得带恐怖的手。

忽然，看见 × 州城外的古塔了，我嘘了一口气，我可以从此脱离了这怪老妇，不再有什么恐怖了。如果有别人上车来坐在我这座位上，他，——或她，将怎样呢？我想一定也会得感到恐怖的。

是的，这决不会是我个人独有的感情。天色虽则忽然阴暗下来，起先倒并不使我感觉到多少不快。

走出了月台，我舒服地沿着那狭狭的石子路走。我是应了朋友陈君的招请而来消磨这个 week-end 的。陈君是个园艺家，又是个昆虫学家。他在这 × 州的郊外买了一块很大的地，造了一所小小的西式房子，就致力于他的学问和事业，已经有四五年的成绩了。我欣喜地呼吸着内地田野里的新鲜的香味，又预想着到了陈君家里之后的情景，自顾自地往前走，并没有留意到别个下车的乘客。

怕要下雨罢。我看看天色愈阴了，总好像要下骤雨的样子。陈君的家还有一里多路，计算起来，似乎应当打紧步武才是。这样想着，不知不觉地就迅速地走了。我头也不回，一气走到了陈君的家。站在门槛下回看四野，黑黝黝的一堆一堆的草木在摇动着了。我不禁想起"山雨欲来风满楼"这诗句，虽然事实上此刻是并没有什么山。

我会见了陈君及其夫人，坐在他们的安逸的会客间里，觉得很舒坦了。

这种心境是在上海过 week-end 的时候所不会领略到的。

130

女仆送上茶来的时候，玻璃窗上听见了第一点粗重的雨声。我便端起茶杯，走向那面向着街的大玻璃窗，预备欣赏一下郊野的雨景。虽然是在春季，但这雨却真可抵到夏季的急雨，这都是因为前几天太热了之故。有三两个农人远远地在背着什么斧锄之属的田作器具从那边田塍上跑来。燕子、鹧鸪、乌鸦和禾雀都惊乱似地在从这株树飞到那株树。空中好似顿然垂下了一重纱幕，较远一些的景物都看不见了。只有淡淡的一丛青烟在那里摇曳着，我晓得这一定是一个大竹林。

　　但是，我忽然注意到在那青烟的下面还有一小团黑色的影子，是的，一个黑色的人形——一个穿着黑色衣裙的老妇人！她正如在凝望着我们这里一般，冒着这样的大雨，屹然不动。她什么时候下车的呢？她为什么也到 × 州来？她可是专为了跟踪我而来的吗？她如果真要……啊！这样看来，她是不止于要偷窃我的行箧呢。我又突然颤栗了。茶杯在我手中不安稳起来，已经有一二点茶水倾溢出来了。会有什么重大的事变发生呢？会有什么重大的事变发生呢？……我忍耐不住这样的恐怖了，我惊叫我的朋友："喂，快些，你来看！"

　　陈君显然已经听出了我声音的抖动，他抢一步走过来："什么？什么东西使你恐怖了？"

　　"你看，你看见吗？"我指着那老妇人的黑影问。

　　陈君向窗外顺着我的手指望去，他凸出了眼睛，哆张了嘴，但好像始终没有看见什么。

　　"你说什么？那边不是一个竹林子吗？"

　　我很奇怪，这样真实的一个老妇人的黑影，难道他竟没有看见吗？你看，这妖怪的老妇人的身材不是显得比刚才在火车里的要大两三倍吗？她比我更长更大了。她还是向我们这边看着，她不怕雨。我一手搭在陈君的肩膀上，把他拖近我所站的地方，一手指给他看："是的，那竹林底下，你看，底下还有一个老妇人，你看！"

　　但是，出于我意料之外的，陈君却还是摇摇头，做着一种疑心的神色："老妇人？没有，竹林底下清清楚楚的一个人也没有。谁会得立在那儿，这样大的雨。……你眼花了吗？来，不

要去看她，我们喝茶罢……"

我完全给恐怖、疑虑和愤怒占据了。难道这妖妇只显现给我一个人看的吗？为什么？她对我有什么过不去的地方？我不能走开，我须得也凝看着她。刚才在火车里也是这样地被我镇压住的。

我眼看着外面，回答陈君道："不，我非看住她不可！这是个妖妇，这一定是个妖妇！啊，不晓得我身上会发生什么事变呢，既然你看不见她。是的，她是从上海跟我到这里来的，我总得被她制服了。啊，我不能够抵抗她。这是一个定命。……"

陈君不说话。他站在旁边，上上下下地打量我。我觉得的，虽然我并没有分心去看他一眼，但我的确觉得的。他是在考量我究竟是否有了痴狂的嫌疑。而这时，陈君的夫人也走上前来了。她看着我，看着陈君，又看着窗外，默然不作一声。

"你看见吗，夫人？"我故作镇静地问。

但是她并不回答。我觉得她将肘子推着陈君。于是她和他就来各自曳了我一只手臂，预备把我扶回沙发上去。但我怎么能够！

我从来没有看见过这样庞大、丑陋、怪奇的老妇人。不是我制了她，就得让她制了我；这里分明已经显着敌意了。我从他们夫妇俩掌握中挣扎着。

陈君又说了："你近来似乎精神有些不好呢，正要在这里多住几天，休养休养。"

精神有些不好？……是的，那是事实，但说要我在这里多住几天，休养休养？那可不成。这老妇人既然来到这里，我就非从速避开不可。我真后悔这一次来到×州，惹了大恐怖。在上海从来没有这种怪事情发生过。我对于陈君的话心中起了大大的愤恚。

"怎么？你们竟没有看见吗？来！"我自己退在后面，两手拖着陈君及其夫人的手臂，使他们同时站在我所曾站立过的地位上。我指着那个黑影。

"这一次可看见了没有？"

突然，陈君的夫人大笑起来了。这笑很奇兀，为什么笑？

我出于不意地有些骇异了。她看见了这个老妇人吗？但何以要笑？……她走上前去，指着玻璃窗上的一个黑点！

"你看见了吗，是这个东西吗？"

奇怪！奇怪！我哪里相信有这回事。我明明看见在竹林底下，那个火车里的丑陋老妇人。怎么？怎么忽然变作了玻璃上的黑污渍了。哪有这样的相像，现在看起来，这一点黄豆大的黑污渍倒真有些像一个老妇人了。但是……

但是刚才我所看见的一定不是这东西。我不相信我会闹这样的笑话。刚才的确是那个老妖妇，而现在呢？现在的确是一个黑污渍，都没有错！这就是她的妖法。因为我凝看着她，她没有方法隐身了，故而趁这陈夫人误会的时候从竹林中隐身下去了。

我睁大了眼睛，哆张了嘴；眼光忽而瞩远，忽而视近，失神地呆立着。

但旁边的陈君及其夫人的笑声惊醒了我，我觉得很疲乏，好像经过了一次战争。当陈君及其夫人把我扶到沙发上坐下的时候，我觉得头晕，目眩，并且通身感觉到一股寒冷，像是要发疟疾的样子。我就这样地睡熟了。

醒来时，已经傍晚了。雨不知在什么时候停止的。外面树林的梢上抹着金黄的夕阳。天气很高爽，不像刚才来时那样的阴晦愁惨了。我喝过了一盏陈夫人给送来的咖啡，便揭开了他们替我盖着的绒毯，站起来，说明了出去散步，好像完全恢复了我的精神似的，放怀地走到外面郊原里。

我先向四下里瞻望，想决定我该向哪边走。但首先就看见那高大的竹林。

那边很明亮，一点也看不出有什么邪气。也并没有什么人形，好像根本没有发生过什么事。我不觉得对于自己要谴责起来了。这是白日梦，完全是的！

只有神经太衰弱的人会有这种现象。我不能长此以往地患着这种病。我应当治疗，……但如果每天抽少量的鸦片？也行，我想至少可以有些好处。……

我该向西边走，这样可以迎着夕阳，看远天的霞色。

种种颜色在我眼前晃动着。落日的光芒真是不可逼视的，我看见朱红的棺材和金黄的链，辽远地陈列在地平线上。还有呢？……那些一定是殉葬的男女，披着锦绣的衣裳，东伏西倒着，脸上还如活着似的露出了刚才知道陵墓门口已被封闭了的消息的恐怖和失望。——永远的恐怖和失望啊！但是，那一块黑色的是什么呢？这样的浓厚，这样的光泽，又好似这样的透明，这是一个斑点，——斑点，谁说的？我的意思是不是说玻璃窗上那个斑点？那究竟是一点什么东西呢？……难道陈君近来有了鸦片瘾吗？那明明是一点鸦片，浓厚地沾在玻璃窗上的。而且唯有鸦片才这样的光泽。……决不是墨渍，黑的，哈哈！贵重的东西都是黑色的。印度的大黑珠，还有呢，记不起许多了，听说西藏有玄玉……但总之黑色的女人是并不贵重的，即使她们会得舞 Hula，女人总是以白色的为妙……那是一朵黑云。对了，它在消淡下去了。

天上原没有什么鸦片。但是——我不懂，云里会不会现出一个老妖妇来的呢？

我应当看它消散完了才走。否则——谁知道？……

我不妨在这块青石上坐一会儿。走？走到哪儿去呢。天色快要晚了，再看一会野景就可以回去了。不错，刚才倒忘记了叮嘱他们，他们这时候一定在替我忙饭菜了，其实款待我这样的客人是很简单的。我吃不下许多东西，给我一杯水和少许面包就够了，但是牛油却要多。……这是谁，Byron 爵爷？诗人？哈哈，我只学到了他的食量吗？……但如果吃中国饭，给我一碟新蚕豆也尽够了。我是到乡下来吃新蚕豆的，这应当预先告诉他们夫妇呀。吃外国饭是上海好，吃中国饭却是内地好。上海的中国菜全是油……油……油！

意大利饭店的通心粉和 cheese 自然是顶顶好的，我明天还得要去吃一顿。……怎么？那边有一个竹林子，可就是那个怪竹林？让我来辨辨方向看，西……北，不错，那是在西方的竹林子，我刚才已经转向北了。见鬼！走走又走到这里来了，那竹林子里不是有几家人家吗？乡下人家真是另外有一种舒服的。怎么……有水声？哦，那边灌木丛后倒还有个水潭吗？什么人在那里弄水？走到了这里，倒觉得绿沉沉地似乎很幽阴了……但这或许是现在夕日已沉的关系。我可以走到那水潭边去看看。古潭对于我是一向有趣味的，那是很 fantastical 的。

绿水的古潭边，有村姑洗濯吗？这倒并不是等闲的景色，至少在我是满意了。她洗些什么？白的，绞干了。现在，这是一块红红的……"休洗红，洗多红色浅"这古谣句浮起在我脑筋中了。我倘若对她吟着这样的谣句，她会怎么样？不，这太迂了，她不会懂得一个字。她并且不会觉得这是一种调笑。……她看见我了，我这种呆相一定已经给她看见了。随她，反正我们大家都不认识。竹林子里有什么人在走动！为什么偷偷躲躲地不出来！怪——我又眼花了吗？分明是个老妇人……那妖妇啊！

"嗳！"

我惊叫起来，不知不觉的把手指了那个正在转到竹林后面去的怪妇人的背影。

那在潭边洗濯的村女给我吓了一跳。她愕然站起来，看看我，又依着我所指示的地方看去。重又回过头来疑问似地看着我。

"姑娘，看见了什么吗？"

"没有什么。"

"没有什么？你说你没有看见那个妖怪老妇人吗？"

"呸！你才是妖怪哪，那是我的妈妈。"

我失望似地垂下了手。当她用着愤恨的眼光看了我一眼之后，我返身跑了。

晚餐的时候，陈夫人穿了一件淡红绸的洋服。但因为 × 州的灯，电力不足之故，黄色的灯光照映着，使她的衣裳幻成了白色的。这白色——实在是已经超于真实的白色，这是使人看不定的神秘的白色。

我坐在她对面，陈君坐在我们的旁边。

当我吃到一片陈君园里的番茄的时候，我忽然从陈夫人身上感到一重意欲。这是毫无根据的，突然而来的。陈君夫人是相当的可算得美艳的女人。

她有纤小的朱唇和永远微笑着的眼睛。但我并不是这样的

一个轻薄的好色者。我从来不敢……是的，从不曾有过……但是，今天，一眼看了她紧束着幻白色的轻绸的纤细的胴体，袒露着的手臂，和剜得很低的领圈，她的涂着胭脂的嘴唇给黄色的灯光照得略带枯萎的颜色，我不懂她是不是故意穿了这样的衣服来诱引我的。我再说一遍，我是怀疑她是不是故意穿了这衣服的，至于诱引，当然我不说她是故意的。因为有许多女人是会得连自己也没有意识到地诱引了一个男子的。

我觉得纳在嘴里的红红的番茄就是陈夫人的朱唇了。我咀嚼着，发现了一种秘密恋爱的酸心的味道。我半闭着双眼。我把开着的一半眼睛看真实的陈夫人的酽笑和动作，而把闭着的一半眼睛于幻想的陈夫人之享受。我看见她曳着那白的长裙从餐桌的横头移步过来，手扶着桌子的边缘。我看见陈君退出室外去了。我觉得她将右手抚按着我的前额了——是的，其实她这时正在抚按她自己的前额。我放下了刀叉，我偷偷地从裤袋里掏出手帕来擦了一下嘴。我看见很大的一张陈夫人的脸在凑近来。没有这样白的！这是从来没有看见过的。日本女人也不会有这样惨白的脸。她微笑了，这是一种挑诱！

她竟然闭了眼睛！怎么？我们已经在接吻了吗？我犯了罪呢。陈君最好此刻不要进来……也不要谴责我。我犯了罪，自会得受到天刑的。也许我立刻会死了的……什么响？……门？他竟进来了吗？

但进门的是送咖啡来的女仆，当陈君递一盏咖啡给我的时候，我讷讷地没有什么话好说，也没有致谢，我觉得很热。

"阿特灵"忘记带来，今晚恐怕仍旧要不容易睡熟呢。我烦躁地想。

次日，我起身得很迟。本想来欣赏的乡野里的清晨光景，已经在我的噩梦中消逝了。我走出房门，就碰见陈夫人在走廊内。

"早。"她微笑着说。

早？这真是太挖苦我了。现在什么时候了，怕有十点钟了罢？她为什么这样地讽刺我？怀着一种说不出的苦痛，我搭讪着说："笑话，睏失瞌了。"

好像自己也觉得刚才失言了呢，还是忽然想到什么别的事情，她忽然微红着脸，露出了一副狼狈的神情。她用兰花式的手指撩拨着鬓发，我看出她已经有些窘了，但是，我正要她窘，我爱看女人的窘态。她会得眼睛里潮润着，从耳朵根一直红到额角，足尖踟蹰着，手不知放向何处去才好，而嘴唇会得翕动着，但是永远说不出一句话。当她好容易说出一句话来的时候，一定是很不适当的。

果然，陈夫人也正如我所曾经验过的女子一样。

"昨晚睡得好吗？"

"哦！睡很好，很好。"我微笑了。

她忽然一低头，手牵着衣襟走下楼去了。

于是，我惯常要发作的憎厌心又涌上来了。无论如何，她这样地避开了去是无礼的，她没有把我们的会晤做个结束。这不懂礼仪的女人！这绝不能在社交界里容身的女人。一点不懂得温雅，这简直是个……当我这样地一面想着咒诅她的譬喻，一面下扶梯的时候，一瞥眼又看见她抱了一只碧眼的大黑猫闪进会客室里去，——啊，这简直也是个妖妇了。

已经被忘却了的恐怖重又爬入我的心里。我昨晚怎么会幻想着她与我接吻的呢？她是个妖妇，她或许就是昨天那个老妇人的化身。——所以她会把她的幻影变作玻璃窗上的黑污渍指给我看。我起先的确看见玻璃窗上并没有什么斑点的。啊，可怕，人怎么能够抵抗一个善于变幻的妖妇呢！难道中古时代的精灵都还生存在现代吗？……这又有什么不可能？他们既然能够从上古留存到中古，那当然是可以再遗留到现代的。你敢说上海不会有这种妖魅吗？

自从这样的疑虑在我心中大大地活动了之后，我留心看那个陈夫人，果然每个动作都是可疑的。她一定是像小说中妖狐假借妲己的躯壳似地被那个老妖妇所占有了。她已经不是从前的那个陈夫人了。可怜哪！陈君，我又怎么敢对你说明白呢？

但是，对于陈夫人的幻想的吻却始终在我嘴唇上留着迹印。我一直感觉到嘴唇上冰冷，好像要发生什么事变了。

好容易和陈君盘桓到下午三点钟，我掣了行箧避难似地赶到车站。

137

回到自己的寓所里，就好像到了一处有担保的安全避难所了。以后决不到乡下去企图过一个愉快的 week—end 了。愉快吗？……笑话！恐怖，魔难，全碰到了，倘若这两日在上海呢，至少有一家电影院会使我松散松散的。当我从行箧里取出书来放到书架上去的时候，我这样想。

今晚呢？该娱乐一下补救补救前两天的损失的，哦！时候还早呢，八点二十分，……怎么啦，钟停了？表呢？……八点二十五分。奇怪！刚才停吗，还是昨天晚上停了的？我明明记得前天临走时把发条绞紧的，怎么这样快地就停了……报纸呢，今天的报纸？……不必看罢，近一些还是到奥迪安戏院去。

十分钟之后，我已走上了奥迪安戏院的高阶。当我手里拈着一张纸币送进买票处的黄铜栏去的时候，眼前呈上了一张写着四个大黑字的卡纸："上下客满"，我失意地退了下来。哪有这样巧，我真的在末一个座位售出之后来的吗？我向收票的门边溜了一眼，一个得到最后一个座位的客人刚才闪进身去，而这个客人是穿着黑衣服的，一个老妇人！

一切穿黑的老妇人都是不吉的！ Anyone！ Everyone！

我的精神完全委顿了，好像一束忽然松解了捆缚的绳子一样，每一支神经都骤然散懈下来了。不吉的定命已经在侵袭我了。我要咒诅它，我要打它。

我不知道我在走向哪里去，我狂气似地故意碰到每一个可疑的人身上去。他们都是那鬼怪的老妇人的化身。但是他们为什么没一个干涉我，责问我呀？

是的……如果他干涉我，我就有了启衅的理由了，我为什么不可以打他们呢。

当我打倒了他们，而他们现出了怪物的原形来时，人不知要说我多少伟大呢……报纸上也会登载我的历险记和照片的，《时报》上一定登载得尤其详细。这是很 grotesque 的新闻……但我不愿意他们登载曾经和那妖妇的化身接吻过，那是对于我和陈君都是一个丑闻。

啊，不吉的定命已经在侵袭我了。我只要生一双能够看见妖魔在哪里的眼睛就好了。谁拖住我的臂膀？

"哪里去？"

谁？……一个女人声音？哦！这里已经是 W——咖啡了吗。她——这个咖啡女，我们是老相好了，我并没有忘记她。但我到今天还不知道她的名姓呢。她在门外做什么？她拖住了我做什么？

"为什么长久不来？进去喝一杯咖啡罢。"

哦，我从来没有看见咖啡女站在店门外兜生意的，大大的创造！啊，人这么多，还有美国水鬼，我要到楼上小房间去坐。

"来一杯咖啡吗，照例地？"

混账！我难道专喝咖啡的吗？我觉得她的话太唐突了。我摇摇头。

"那么来什么，喝酒吗，威士忌？啤酒？"

"啤酒也成。我莫名其妙地这样要了。"

"正好，刚才有新到的德国黑啤酒。"

黑啤酒！又是黑！我眼前直是晃动着一大片黑颜色的绸缎。看，有多少魔法的老妇人在我面前舞动啊！她们都是要扼死我的，用她们那干萎得可怕的小手……

但是从这些昏乱的黑色中迎上来一个白色的——啊，那样地似曾相识的白色啊！白色的什么，我该当说？哦，一个纯白的白色哪！太奇怪，为什么她也穿了这样的白绸衣裳，难道现在这个颜色流行着吗？哦，catacomb 里的古代王妃的木乃伊全都爬出来行走在土沥青的铺道上了……

啤酒倒不错，可是我量狭。半瓶给她喝了罢。……她又坐在我身边了。

看上去她倒很欢迎我的。她美丽吗？穿着这一身衣裳倒很有点陈夫人的风度了。但是这嘴唇却比较的大而瘪，显见得衰老了，是的，这些咖啡女子也很容易衰老的，生活太斫丧了。

她为什么今天这样怪，一声不响地呆看着我？她好像要说话了。我们坐得很近呢，我何不吻她一下。吻得吗？……为什么不？这些咖啡女子是人尽可吻的，但是……但是，哦，倘若是陈夫人来做了咖啡女子呢？

我已经勾住她的项颈了。她的头在逼近我了……很大的一

个陈夫人的脸哪！她为什么在我肩膀上拧一把？唉。我们已经在接吻了吗？怪冷！从来没有这样冰冷的嘴唇的。这不是活人的嘴唇呢！她难道是那个古墓里的王妃的木乃伊吗？这样说来，她一定也是那个老妖妇的化身了。我难道竟真的会接触着她的吗？我不敢睁开眼睛来哪，我会看见怎样的情形呢？天哪！事情全盘都错了，我上了她的算计了。她为什么这样的冷笑着呢？阴险的胜利的笑声！她会将怎样的厄运降给我呢？我会得死吗？

"不是你。"

谁在说不是我？这声音好熟！我非睁开眼来看看不可……

一切都照样。我可不认识她，她大概不是说我。她们人很多，好像很愉快的。但只有我一个人到这里来受罪。她还在对我笑，她一定很得意了，好，我非立刻就走不可，而且我连小账都不给她，这妖妇！

果然，她在背后骂我了，我听见的，什么？"当心点！"恐吓我了，唉，什么事变会得发生了呢？可咒诅的妖妇，你如果明明白白地对我说了，我会得恳求你的……

二十分钟后，我迟钝里回到寓所，我坐在那只大椅子里，扶着头，不知过了多少时候，侍役送上一个电报来：我的三岁的女孩子死了。

我把电报往地下一丢，站起身来走向露台上去，街上冷清清地显见得已经是半夜里了。我听见一个的声音，很迟慢的在底下响着。我俯伏在栏杆上，在那对街的碧色的煤气灯下，使我毛发直竖的，我看见一个穿了黑衣裳的老妇人孤独地趑进小巷里去。

春　阳

　　婵阿姨把保管箱锁上了，走出库门，看见那个年轻的行员正在对着她瞧，她心里一动，不由得回过头去向那一排一排整整齐齐的保管箱看了一眼，可是她已经认不得哪一只是三〇五号了。她往怀里一掏，刚才提出来的一百五十四元六角的息金好好地在内衣袋里。于是她走出上海银行大门。

　　好天气，太阳那么大。这是她今天第一次感觉到的。不错，她一早从昆山乘火车来，一下火车，就跳上黄包车，到银行。她除了起床的时候曾经揭开窗帘看下不下雨之外，实在没有留心过天气。可是今天这天气着实好，近半个月来，老是那么样的风风雨雨的没得看见过好天气，今天却满街满屋的暖太阳了。到底是春天了，一晴就暖和。她把围在衣领上的毛绒围巾放松了一下。

　　这二月下旬的，好久不照到上海来的太阳，你别忽略了，倒真有一些魅力呢。倘若是像前两日一样的阴沉天气，当她从玻璃的旋转门中出来，一阵冷风扑上脸，她准是把一角围巾掩着嘴，雇一辆黄包车直到北火车站，在待车室里老等下午三点钟开的列车回昆山去的。今天扑脸上的乃是一股热气，一片晃眼的亮，这使她凭空添出许多兴致。她摸出十年前的爱尔琴金表来。十二点还差十分。这样早。还好在马路上走走呢。

　　于是，昆山的婵阿姨，一个儿走到了春阳和煦的上海的南京路上。来来往往的女人男人，都穿得那么样轻，那么样美丽，又那么样小灵灵的，这使她感觉到自己的绒线围巾和驼绒旗袍的累赘。早知天会这样热，可就穿了那件雁翎绉衬绒旗袍来了。她心里划算着，手却把那绒线围巾除下来，折叠了搭在手腕上。

什么店铺都在大廉价。婵阿姨看看绸缎，看看瓷器，又看看各式各样的化妆品，丝袜和糖果饼干。她想买一点吗？不会的，这一点点自制力她定是有的。没有必需，她不会买什么东西。要不然，假如她舍得随便花钱，她怎么会牺牲了一生的幸福，肯抱牌位做亲呢？

她一路走，一路看。从江西路口走到三友实业社，已经过午时了。她觉得热，额角上有些汗。袋里一摸，早上出来没带着手帕。这时，她觉得有必需了。她走进三友实业社去买了一条毛巾手帕，带便在椅子上坐坐，歇歇力。

她隔着玻璃橱窗望出去，人真多，来来去去的不断。他们都不像觉得累，一两步就闪过了，走得快。愈看人家矫健，愈感觉到自己的孱弱了，她抹着汗，懒得立起来，她害怕走出门去，将怎样挤进这些人的狂流中去呢？

到这时，她才第一次奇怪起来：为什么，论年纪也还不过三十五岁，何以这样的不济呢？在昆山的时候，天天上大街，可并不觉得累，一到上海，走不了一条马路，立刻就像个老年人了。这是为什么？她这样想着，同时就埋怨着自己，应该高兴逛马路玩，那是毫无意思的。

于是她勉强起身，挨出门。她想到先施公司对面那家点心店里去吃一碗面，当中饭。吃了面就雇黄包车到北火车站。可是，你得明白，这是婵阿姨刚才挨出三友实业社的那扇玻璃门时候的主意。要是她真的累得走不动，她也真的会去吃了面上火车的。意料不到的却是，当她往永安公司那边走了几步路，忽然地让她觉得身上又恢复了一种好像是久已消失了的精力，让她混合在许多呈着喜悦的容颜的年轻人底狂流中，一样轻快地走……走。

什么东西让她得到这样重要的改变？这春日的太阳光，无疑的。它不仅改变了她的体质，简直还改变了她的思想。真的，一阵很骚动的对于自己的反抗心骤然在她胸中灼热起来。

为什么到上海来不玩一玩呢？做人一世，没钱的人没办法，眼巴巴地要挨着到上海来玩一趟，现在，有的是钱，虽然还要做两个月家用，可是就使花完了，大不了再去提出一百块来。况且，算它住一夜的话，也用不了二十块钱。人有的时候得看破些，天气这样好！

天气这样好，眼前一切都呈着明亮和活跃的气象。每一辆汽车刷过一道崭新的喷漆的光，每一扇玻璃橱上闪耀着各方面投射来的晶莹的光，远处摩天大厦的圆瓴形或方形的屋顶上辉煌着金碧的光，只有那先施公司对面的点心店，好像被阳光忘记了似的，呈现着一种抑郁的烟煤的颜色。

何必如此刻苦呢？舒舒服服地吃一顿饭。婵阿姨不想吃面了。但她想不出应当到什么地方去吃饭。她预备叫两个菜，两个上海菜，当然不要昆山吃惯了的东西，但价钱，至多两元，花两块钱吃一顿中饭，已经是很费的了，可是上海却说不来，也许两个菜得卖三块四块。这就是她不敢闯进任何一家没有经验的餐馆的理由。

她站在路角上，想，想。在西门的一个馆子里，她曾经吃过一顿饭，可是那太远了。其次，四马路，她记得也有一家；再有，不错，冠生园，就在大马路。她不记得有没有走过，但在她记忆中，似乎冠生园是最适宜的了，虽则稍微有点憎嫌那儿的饭太硬。她思索了一下，仿佛记得冠生园是已经走过了，她怪自己一路没有留心。

婵阿姨在冠生园楼上拣了个座位，垫子软软的，当然比坐在三友实业社舒服。侍者送上茶来，顺便递了张菜单给她。这使她稍微有一点窘，因为她虽然认得字，可并不会点菜。她费了十分钟，给自己斟酌了两个菜，一共一块钱。她很满意，因为她知道在这样华丽的菜馆里，是很不容易节省的。

她饮着茶，一个人占据了四个人的座位。她想趁这空暇打算一下，吃过饭到什么地方去呢？今天要不要回昆山去？倘若不回去的话，那么，今晚住到什么地方去？惠中旅馆，像前年有一天因为银行封关而不得不住一夜那情形一样吗？再说，玩，怎样玩？她都委决不下。

一溜眼，看见旁座的圆桌子上坐着一男一女和一个孩子。似乎是一个小家庭呢？但女的好像比男的年长得多。她大概也有三十四五岁了吧？婵阿姨刚才感觉到一种获得了同僚似的欢喜，但差不多是同时的，一种常常沉潜在她心里而不敢升腾起来的烦闷又冲破了她的欢喜的面具。这是因为在她的餐桌上，除了她自己之外，更没有第二个人。

丈夫？孩子？

十二三年前，婵阿姨的未婚夫忽然在吉期以前七十五天死了。他是一个拥有三千亩田的大地主的独子，他的死，也就是这许多地产失去了继承人。那时候，婵阿姨是个康健的小姐，她有着人家所称赞为"卓见"的美德，经过了两日两夜的考虑之后，她决定抱牌位做亲而获得了这大宗财产的合法的继承权。

她当时相信自己有这样大的牺牲精神，但现在，随着年岁的增长，她逐渐地愈加不相信她何以会有这样的勇气来了。翁姑故世了，一大注产业都归她掌管了，但这有什么用处呢？她忘记了当时牺牲一切幸福以获得这产业的时候，究竟有没有想到这份产业对于她将有多大的好处？族中人的虎视眈眈，去指望她死后好公分她的产业，她也不会有一个血统的继承人。算什么呢？她实在只是一宗巨产的暂时的经管人罢了。

虽则她有时很觉悟到这种情形，她却还不肯浪费她的财产，在她是以为既然牺牲了毕生的幸福以获得此产业，那么唯有刻意保持着这产业，才比较的是实惠的。否则，假如她自己花完了，她的牺牲岂不更是徒然的吗？这就是她始终吝啬着的缘故。

但是，对于那被牺牲了的幸福，在她现在的衡量中，却比从前的估价更高了。一年一年地阅历下来，所有的女伴都嫁了丈夫，有了儿女，成了家。即使有贫困的，但她们都另外有一种愉快足够抵偿经济生活的悲苦。而这种愉快，她是永远艳羡着，但永远没有尝味过，没有！

有时，当一种极罕有的勇气奔放起来，她会想：丢掉这些财富而去结婚罢。但她一揽起镜子来，看见了萎黄的一个容颜，或是想象出了族中人的诽笑和讽刺的投射，她也就沉郁下去了。

她感觉到寂寞，但她再没有更大的勇气，牺牲现有的一切，以冲破这寂寞的氛围。

她凝看着。旁边的座位上，一个年轻的漂亮的丈夫，一个兴高采烈的妻子，一个活泼的五六岁的孩子。她们商量吃什么菜肴。她们谈话。她们互相看着笑。他们好像是在自己家里。当然，他们并不怪婵阿姨这样沉醉地耽视着。

直等到侍者把菜肴端上来，才阻断了婵阿姨的视线。她看看对面，一个空的座位。玻璃的桌面上，陈列着一副碗箸，一副，不是三副。她觉得有点难堪。她怀疑那妻子是在看着她。她以为我是何等样人呢？她看得出我是个死了的未婚夫的妻子吗？不仅是她看着，那丈夫也注目着我啊，他看得出我并不比他妻子年纪大吗？还有，那孩子，他那双小眼睛也在看着我吗？他看出来，以为我像一个母亲吗？假如我来抚养他，他会不会有这样活泼呢？

她呆看着坚硬的饭粒，不敢再溜眼到旁边去了。她怕接触那三双眼睛，她怕接触了那三双眼睛之后，它们会立刻给她一个否决的回答。

她于是看见一只文雅的手握着一束报纸。她抬起头来，看见一个人站在她桌子边。他好像找不到座位，想在她对面那空位上坐。但他迟疑着。终于，他没有坐，走了过去。

她目送着他走到里间去，不知道心里该怎么想。如果他终于坐下在她对面，和她同桌子吃饭呢？那也没有什么不可以。在上海，这是普通的事。即使他坐下，向她微笑着，点点头，似曾相识地攀谈起来，也未尝不是坦白的事。可是，假如他真的坐下来，假如他真的攀谈起来，会有怎样的结局啊，今天？

这里，她又沉思着，为什么他对了她看了一眼之后，才果决地不坐下来了呢？他是不是本想坐下来，因为对于她有什么不满意而幡然变计了吗？但愿他是简单地因为她是一个女客，觉得不大方便，所以不坐下来的。但愿他是一个腼腆的人！

婵阿姨找一面镜子，但没有如愿。她从盆子里捡起一块蒸气洗过的手巾，揩着脸，却又后悔早晨没有擦粉。到上海来，擦一点粉是需要的。倘若今天不回昆山去，就得在到惠中旅馆之前，先去买一盒粉，横竖家里的粉也快完了。

在旅馆里梳洗之后，出来，到那里去呢？也许，也许他——她稍微侧转身去，远远地看见那有一双文雅的手的中年男子已经独坐在一只圆玻璃桌边，他正在看报。他为什么独自个呢？也许他会得高兴说："小姐，他会得这样称呼吗？我奉陪你去看影戏，好不好？"

可是，不知道今天有什么好看的戏，停会儿还得买一份报。他现在在看什么？影戏广告？我可以去借过来看一看吗？假如他坐在这里，假如他坐在这里看……

"先生，借一张登载影戏广告的报纸，可以吗？"

"哦，可以的，可以的，小姐预备去看影戏吗？……"

"小姐贵姓？"

"哦，敝姓张，我是在上海银行做事的。……"这样，一切都会很好地进行了。在上海。这样好的天气。

没有遇到一个熟人。婵阿姨冥想有一位新交的男朋友陪着她在马路上走，手挽着手。和暖的太阳照在他们相并的肩上，让她觉得通身的轻快。

可是，为什么他在上海银行做事？婵阿姨再溜眼看他一下，不，他的确不是那个管理保管库的行员。那行员是还要年轻，面相还要和气，风度也比较的洒落得多。他不是那人。

一想起那年轻的行员，婵阿姨就特别清晰地看见了他站在保管库门边凝看她的神情。那是一道好像要说出话来的眼光，一个跃跃欲动的嘴唇，一副充满着热情的脸。他老是在门边看着，这使她有点烦乱，她曾经觉得不好意思摸摸索索地多费时间，所以匆匆地锁了抽屉就出来了。她记得上一次来开保管箱的时候，那个年老的行员并不这样仔细地看着她的。

当她走出那狭窄的库门的时候，她记得她曾回过头去看一眼。但这并不单为了不放心那保管箱，好像这里边还有点避免他那注意的凝视的作用。她的确觉得，当她在他身边挨过的时候，他的下颔曾经碰着了她的头发。非但如此，她还疑心她的肩膀也曾经碰着他的胸脯的。

但为什么当时没有勇气抬头看他一眼呢？

婵阿姨自己约束不住地遐想，使她憧憬于那上海银行的保管库了。为什么不多勾留一会呢？为什么那样匆急地锁了抽屉呢？那样地手忙脚乱，不错，究竟有没有把钥匙锁上呀？她不禁伸手到里衣袋去一摸，那小小的钥匙在着。但她恍惚觉得这是开了抽屉就放进袋里去的，没有再用它来锁上过。没有，绝对的没有锁上，不然，为什么她记忆中没有这动作啊？没有把保管箱锁上？真的？这是何等重要的事！

她立刻付了账。走出冠生园，在路角上，她招呼一辆黄包车："江西路，上海银行。"

在管理保管库事情的行员办公的那柜台外，她招呼着："喂，我要开开保管箱。"

那年轻的行员，他正在抽着纸烟和别一个行员说话，回转头来问："几号？"

他立刻呈现了一种诧异的神气，这好像说：又是你，上午来开了一次，下午又要开了，多忙？可是这诧异的神气并不在他脸上停留得很长久，行长陈光甫常常告诫他的职员：对待主顾要客气，办事不怕麻烦。所以，当婵阿姨取出她的钥匙来，告诉了他三百零五号之后，他就检取了同号码的副钥匙，殷勤地伺候她到保管库里去。

三百零五号保管箱，她审察了一下，好好地锁着。她沉吟着，既然好好地锁着，似乎不必再开吧？

"怎么，要开吗？"那行员拈弄着钥匙问。

"不用开了。我因为忘记了刚才有没有锁上，所以来看看。"她觉得有点歉疚地回答。

于是他笑了。一个和气的、年轻的银行职员对她微笑着，并且对她看着。他是多么可亲啊！假如在冠生园的话，他一定会坐下在她对面的。但现在，在银行的保管库里，他会怎样呢？

她被他看着。她期待着。她有点窘，但是欢喜。他会怎样呢？他亲切地说："放心罢，即使不锁，也不要紧的，太太。"

什么？太太？太太！他称她为太太！愤怒和被侮辱了的感情奔涌在她眼睛里，她要哭了。她装着苦笑。当然，他是不会发觉的，他也许以为她是羞赧。她一扭身，走了。

在库门外，她看见一个艳服的女人。

"啊，密司陈，开保管箱吗？钥匙拿了没有？"

她听见他在背后问，更亲切地。

她正走在这女人身旁。她看了她一眼。密司陈，密司！

于是她走出了上海银行大门。一阵冷。眼前阴沉沉地，天色又变坏了。西北风。好像还要下雨。她迟疑了一下，终于披上了围巾："黄包车，北站！"

在车上，她掏出时表来看。两点十分，还赶得上三点钟的快车。在藏起那只表的时候，她从衣袋里带出了冠生园的发票。她困难地，但是专心地核算着：菜，茶，白饭，堂彩，付两块钱，找出六角，还有几个铜元呢？

图书在版编目（CIP）数据

施蛰存小说/施蛰存著. —— 长春：
吉林文史出版社,2014.7（2023.9重印）
（名家精品阅读）
ISBN 978-7-5472-2245-4

Ⅰ.①施… Ⅱ.①施… Ⅲ.①小说集-中国-当代
Ⅳ.①I247

中国版本图书馆CIP数据核字(2014)第143205号

名家精品阅读

施蛰存小说

SHIZHECUNXIAOSHUO

著者/施蛰存
责任编辑/陈春燕
责任校对/张雪霜　封面设计/新华智品
出版发行/吉林文史出版社
地址/长春市人民大街4646号　邮编/130021
电话/0431—86037507
网址/www.jlws.com.cn
印刷/北京一鑫印务有限责任公司
版次/ 2014年9月第1版　2023年9月第5次印刷
开本/ 720mm×1000mm　1/16
印张/10　字数/ 200千字
书号/ ISBN 978-7-5472-2245-4
定价/ 45.00元